외설

임꺽정

원초적 감성을 자극하는
질펀한 이야기 한마당

지성문화사

머리말

조선을 창건한 이성계는 정권찬탈이라는 불명예스러운 오명을 씻기 위해 과감한 제도 개혁과 피비린내나는 숙정을 통해 대의 명분 찾기에 몰두했다.

고려와 차별화된 정치의 표방은 세분화 된 신분 제도를 낳게 되었고, 엄격한 신분의 구분은 계층간의 갈등을 심화시켜 결국은 민초들의 항쟁을 불러일으켰다.

어느 시대를 막론하고 영웅은 난세에 출현하기 마련이다. 백정의 아들로 태어난 임꺽정도 어지러운 시대 상황이 배출한 불세출의 영웅이었다.

당시의 시대 상황은 몇 년째 계속된 흉년으로 인해 토관들의 착취와 횡포가 극에 달해 있었다. 자연 민심은 흉흉하였고, 전국 각지에서는 화적의 무리들이 불길처럼 일어났다. 그들은 삼삼오오 떼를 지어 몰려 다니며 강탈과 방화를 일삼았다.

이 소설은 부패한 탐관오리들과 맞서 싸우는 청석골 화적들의 이면에 숨어 있는 주색에 얽힌 얘기들을 그들의 활약상과 더불어 담담하게 그려내었으므로 독자들에게 새로운 재미를 더해 줄 것이다.

저자 씀

차 례

제1부 최오돌

청석골의 호피

　청석골 두목들과 함께 천산으로 사냥을 갔던 임꺽정이 집채만한 호랑이를 때려 잡았다는 소문이 인근에 자자하게 퍼지고, 쇠도리깨의 명수 박포와 표창 잘 던지는 기돌쇠 패거리가 탑고개에 자주 출몰한다는 제보가 잇따르는데도 불구하고 관아에서는 전혀 손을 쓰지 못하고 있었다.

　송도 부중의 날고 긴다는 군관들조차 뒷전에서 서로 눈치만 살피는 형편이었다. 토벌을 위해 수십 명의 군관과 포졸들이 동원됐다가 일패도지하여 물러간 후로는 더욱 그랬다.

　청석골에 입참하려고 몰려드는 사람들이 하루가 다르게 늘어나고 있다는 사실을 뻔히 알면서도 강 건너 불구경 하듯 지켜만 보면서 벙어리 냉가슴을 앓는 것은 그들의 재주가 워낙 비상했기 때문이었다.

몇 년째 흉년이 계속되면서 전국 각지에서는 화적의 무리들이 불길처럼 일어났다. 민심이 흉흉해질수록 토관들의 횡포와 수탈은 극에 달했고, 평소 밭을 매고 화전을 일구던 사람들의 손에는 어느 새 칼과 도끼가 쥐어져 있었다.

그들은 삼삼오오 떼를 지어 몰려다니며 방화와 강탈을 일삼았다.

조정에서는 이를 제지할 능력을 상실하고 있었다. 오히려 그들과 협잡하여 한몫 챙기려는 군관들까지 생겨났다. 그중에서도 청석골 화적패는 공포의 대상이었다.

황해도의 험준한 산악 지대를 중심으로 그 세력을 키워가던 청석골에 변괴가 생긴 것은 소슬바람이 나뭇가지 사이로 불기 시작한 초가을 무렵이었다.

서림의 꿈에 천산의 산신령이 현몽했던 것이다. 책을 읽다가 까무룩 잠이 들었는데, 자욱한 운무를 헤치며 한 마리 학을 대동한 백발 노인이 나타나더니 크게 분노한 목소리로 소리쳤다.

"네 이놈! 이 산을 터전삼아 생업을 유지하는 하찮은 무리들이 나의 영특한 부하인 산군을 해하다니, 도저히 용서할 수 없다. 내 이제 팔도강산의 모든 영물들을 불러다가 너희 소굴을 멸하겠노라."

서림이 소스라쳐 깨어보니 한바탕 꿈이었다. 등줄기가 축축하게 젖어 있었다. 예사로운 일이 아니다 싶어 그 길로 아랫처로 내려가 기돌쇠 내외를 깨웠다.

"여보게, 우리가 몽땅 호환으로 갈 모양일세."

"도대체 그게 무슨 말씀이오?"

"일전에 우리가 사냥 가서 잡아온 호랑이 있지 않은가."

"박포와 꺽정이 형님이 잡은 범 말이오?"

"응, 그것 때문에 야단났어."

"아닌 밤중에 홍두깨라더니, 대관절 무슨 일이오?"

"내가 지금 막 꿈을 꾸었는데 아무래도 이 청석골을 떠나야 할까 보네."

"청석골을 떠나다니요?"

"천산의 산신령이 자기 부하를 해쳤다고 노발대발하면서 팔도의 호랑이를 전부 모아 청석골을 없애버리겠다니 어쩌지?"

"형님도 원, 별소릴 다 하시오."

"흰소리가 아니래두."

"그깟 호랑이 열 마리, 스무 마리 올 테면 오라지요."

"이 사람아, 함부로 얘기하는 게 아닐세. 백 마리, 이백 마리가 와서 한꺼번에 덤비면 어떡하겠나?"

"설마 그럴라구요."

"그 설마가 사람 잡는 법일세."

"어서 주무시기나 하세요. 날이 밝으면 모두 모여 의논합시다."

그날 밤에도 먼 산 큰바위 부근에서 몇 마리의 호랑이 울음 소리가 들려오기는 하였으나 새벽녘이 되자 이내 끊기고 말았다.

동이 트기가 무섭게 서림은 사람들을 모았다.

"이 일을 장차 어찌하면 좋단 말인가."

"포도군관 수백 명이 한꺼번에 들이닥친다 해도 눈썹 하나 꿈쩍 않을 판에 호랑이 새끼 몇십 마리 몰려온다 한들 그게 무슨 대수요?"

기돌쇠가 표창 주머니를 어루만지며 대꾸했다.

"걱정도 팔자유. 꿈에 온다는 호랑이가 정말 오기나 할 것 같소? 설령 천산 산신령이 수백 마리의 부하들을 데리고 온다 해도 이 주먹과 쇠도리깨만 있으면 아무 염려 없소."

박포가 백근 짜리 쇠도리깨를 머리 위로 치켜들고 빙 빙 돌리는 시늉을 했다.

"그럼 우리가 한번 굽히는 셈치고 산신제를 지내보는 게 어떨까."

"알지도 못하는 산귀신에게 무슨 제사를 지낸단 말이 오."

"그래도 그렇지 않다니까."

"그럴 것 없이 그물을 단단히 치고 집 주위에는 삥 둘 러 함정을 팝시다."

"함정을 판다?"

기돌쇠의 제안에 서림이 반문을 하자 뒤켠에 앉아 있 던 이날치가 불쑥 나서더니 참 좋은 의견이라며 찬성의 뜻을 나타냈다.

그 날로 집 주위에 깊이가 서너 길은 족히 넘는 함정 을 팠다. 아녀자들까지 나와서 팔을 걷고 일을 도왔다. 간혹 삽질에 지친 누군가가,

"한낱 꿈 때문에 이게 무슨 고생이람."

하고 투덜거릴라치면 서림은 무슨 영험이라도 느낀 듯,

"이제 두고 보면 알게 될 거야."

그의 어깨를 다독거리며 자신만만하게 말했다.

저녁 어스름이 깔리기 시작할 무렵이 되어서야 작업은 끝났다.

집 주위로 성호 모양의 함정들이 완성되었다. 함정 위에 수수깡을 펴고 그 위에 풀들을 덮은 다음 엷게 흙을 뿌려서 위장하였다.

어느덧 어둠이 깔리고 청석골 식구들은 문밖에다 이중, 삼중의 호망을 둘러쳤다. 그리고는 숨을 죽이고 밖을 내다보고 있었다.

박포가 술이나 마시자는 것을 서림이 극구 말렸다.

"임진대적하는 것도 이만저만이 아닌데 술은 무슨 술인가. 쇠도리깨 잔뜩 거머쥐고 문밖만 내다보게."

밤이 깊어질수록 사방은 고요 속으로 빠져들었다. 괴괴한 분위기 탓에 사람들은 긴장의 고삐를 늦추지 않았다. 그 때 먼산 숲 속에서 요란한 짐승의 울음 소리가 들려왔다.

"이크, 이제들 오시는가 보네."

서림이 지레 기겁을 하였으나 그것은 호랑이 울음이 아니었다. 겁에 질린 뭇짐승들이 한꺼번에 쏟아내는 처절한 울부짖음이었다.

"호랑이란 놈들 등쌀에 다른 짐승들이 비명을 지르는가 보이."

"글쎄요."

기돌쇠가 대수롭지 않다는 듯이 서림의 말에 대꾸하고

있을 때 갑자기 천지를 진동하는 호랑이 울음 소리가 골짜기를 뒤덮었다.

"그것 보게. 내가 뭐라 했는가."

서림이 상기된 낯으로 좌중을 둘러보았다.

"어흐흥, 어흐흥!"

벽력같은 호랑이들의 포효 소리가 청석골을 순식간에 공포의 도가니로 몰아넣었다. 기돌쇠의 아내와 그 여식들은 새파랗게 질려서 오들오들 떨고 있었고 박포와 기돌쇠도 눈이 휘둥그래졌다.

"그것 보라니까."

서림은 연신 눈만 꿈벅꿈벅거렸다. 한참 후에 문 밖에서 사람의 기척이 들려 왔다.

"계십니까?"

아무런 대답도 없이 문구멍으로 밖을 내다보고 있던 박포가 깜짝 놀라며 말했다.

"이것 좀 보세요. 밖에 웬 사람이……"

"야단났군. 필시 사람으로 둔갑한 호랑이가 분명한데 저놈을 어떻게 처치했으면 좋을까."

서림이 박포를 밀치고 문구멍으로 밖을 내다보다가 기돌쇠를 돌아보며 물었다.

"자네 표창으로 저놈의 눈을 정확히 맞힐 수 있겠나?"

"그거야 문제 없지요."

"까짓 것 그냥 쇠도리깨로 단번에 때려 눕힐까요?"

옆에 있던 박포가 끼어들었다.

"저놈이 적어도 수백 년을 묵었을 게야. 그러니 보통 날래지 않을걸세."

다시 기돌쇠가 문밖을 내다보니 사내는,

"지나가던 나그네가 하룻밤 신세지려고 왔습니다."

하고 공손히 안쪽을 향하여 합장까지 하는 것이었다.

그 때 기돌쇠가 한쪽 문을 비스듬히 열고 일어서면서 표창 서너 개를 한꺼번에 던졌다. 표창은 사내의 두 눈과 정수리에 정확히 가서 꽂혔다.

사내는 어흥 하는 소리를 지르면서 고목나무 쓰러지듯 뜰앞에 나자빠졌다.

"저것 봐. 여산대호야!"

서림이 탄성을 내지르며 방문을 열었다. 거기엔 엄청나게 큰 호랑이가 배를 하늘로 향한 채 있었다.

"오늘 밤 안으로 수십 마리의 호랑이가 원수를 갚으러 몰려올 테니 단단히 주의하고 조심들 하게."

앞산 골짜기에서는 수십 마리의 호랑이 떼가 천지개벽이라도 할 듯 무리를 지어 울부짖었다.

청석골 전체가 들썩거리는 것이 전고에 없는 호랑이 떼의 엄습이었다.

산신령은 무슨 말라 비틀어질 산신령이냐고 비아냥거리던 사람들조차 산신령의 장엄한 명령에 복종하는 수많은 호군들 앞에서 입을 벌리지 않을 수 없었다.

어흥, 어흥!

산천초목을 뒤흔드는 포효를 앞세우고 수십 마리의 호랑이 떼가 일제히 청석골을 향해 달려오고 있었다.

서림을 비롯한 청석골 식구들은 방안에서 옴짝도 하지 않고 먼저 나동그라진 백호의 시체만 내다보고 있었다. 호랑이 떼는 점점 가까이 다가와서 기돌쇠의 집을 한바퀴 에워쌌다.

"어흥, 어흐흥!"

호랑이 떼는 집주위를 맴돌면서 으르렁거릴 뿐 쉽게 달려들지 않았다.

"저놈들이 함정 파놓은 것을 알고 저러나. 도무지 접근을 하지 않네. 자네가 표창 두어 개를 던져 성질을 돋구어 보게나."

서림이 말했다.

"그래볼까요."

기돌쇠가 문을 열고 표창을 던지니 앞장 섰던 호랑이가 집을 향해 달려들었다. 그 뒤를 따르는 호랑이들도 기돌쇠의 집을 둘러싸며 달려들었다.

맨 먼저 달려오던 놈이 훌쩍 허공으로 솟구쳤다가 앞발을 땅 위로 내딛는 순간 흙이며 풀이며 수수깡들이 힘없이 무너져내렸다.

호랑이는 중심을 잃고 바닥으로 고꾸라졌다. 뒤따르던 호랑이들도 모조리 함정 속으로 떨어지고 말았다.

삼십여 마리나 되는 호랑이들이 함정 속에서 울부짖으니 집이 다 떠내려갈 지경이었다. 호랑이들은 깊고 좁은 함정 속에서 빠져 나오려고 엎치락뒤치락 서로 밟고 밀치며 으르렁거렸다.

"가급적 호피를 상하지 않도록 잡아야겠는데 좋은 방법이 있으면 얘기해 보게."

방안에서는 함정 속에 갇힌 호랑이의 가죽 문제를 놓고 회의가 열렸다.

"표창으로 눈을 맞춰 죽이면 어떨까요?"

"표창이 그렇게 많이 있어야 말이지."

"바윗돌로 내리쳐서 그놈들 대가리를 부쉈으면 좋겠소."

"그건 호피가 상할 우려가 있어."

"끓는 물을 퍼부어 탕살해 버리는 게 어떨까."

윗목에서 여식들을 품고 있던 기돌쇠의 아내가 말참견을 했다.

"딴은 끓는 물로 탕살하는 편이 좋겠는걸."

기돌쇠가 거들었다.

"하지만 끓는 물에 호피가 성할까요?"

백정 출신인 이날치가 나섰다.

"그럼 바윗돌로 대가릴 부수는 게 제일 손쉽겠네요."

"그것이 좋겠어."

"우선 급한 대로 담을 헐어서 함정 속의 호랑이를 향해 던지기만 하면 될 테니까."

이야기는 대충 그렇게 마무리지어졌다.

함정 속에 갇힌 호랑이들은 밤새도록 울부짖었다. 덕분에 모두들 한숨도 자지 못하였다.

이튿날 날이 밝기가 무섭게 박포가 먼저 밖으로 나가 돌담에서 큰 바위를 들어 함정 속으로 힘껏 내던졌다. 으르렁거리던 호랑이 한 마리가 박포가 던진 바위에 정통으로 이마를 얻어맞고는 맥없이 쓰러졌다.

그 광경을 내려다보던 박포가 입가에 웃음을 베어물며 말했다.

"됐어, 됐어."

"뭐가 됐단 말이야?"

기돌쇠가 물었다.

"돌로 내리치니 그만이란 말이오."

"그래?"

"캑 소리 한 마디에 깨끗이 죽어 버리는구만. 이제 모두 나오시오."

박포의 너스레에 서림과 기돌쇠, 이날치도 밖으로 나와 함께 바윗돌 세례를 퍼부었다. 불과 두어 시간만에 함정 속의 호랑이들은 모두 불귀의 객이 되고 말았다.

"좀 더 있다가 꺼내는 것이 어떨는지요."

그래도 미심쩍었는지 기돌쇠 아내는 겁에 질린 얼굴을 펴지 못하였다. 내색은 할 수 없었지만 겁이 나기는 사내들도 마찬가지였다.

죽은 호랑이를 꺼내는 작업은 자연스레 미루어져 한낮이 훨씬 기운 뒤에야 시작되었다.

서림을 비롯한 네 사람은 팔을 걷어부치고 젖먹던 힘까지 쏟아부으며 죽은 호랑이들을 함정에서 들어올렸다.

호랑이들을 모두 꺼내어 마당 한켠에 쌓아놓으니 어지간한 산더미만하였다.

청석골에서는 여러 날을 두고 호피를 벗겼다. 크고 작은 호피가 서른석 장이나 되었다. 그중에서 사람으로 둔갑하였던 백호의 호피가 으뜸이었다.

"호피만 팔아도 당분간 먹고 살 걱정은 없겠는데요."

"그렇다고 팔 것까지야 없잖은가. 다 쓰일 날이 있겠지. 헌데 저 많은 뼈와 살은 어떡한다?"

"호골주를 담그면 어떨까요?"

"그것 참 좋은 말씀이오."

박포는 흐뭇한 표정을 감추지 못했다.

"호골주를 먹으면 백 세를 넘길 뿐 아니라 기운이 솟는답니다. 있는 기운도 주체를 못해 난린데 거기서 더 기운이 뻗치면 어떡허우?"

"뻗는 기운 쓸데가 없을라구."

"껍질 벗긴 호랑이를 처치할 뾰족한 묘안도 없으니 술이나 담궈놓고 봅시다."

그 날로 큰 독 수십 개를 구해와 호랑이의 살과 뼈를 모조리 처넣고 술을 담궜다.

그 날부터 청석골 안에는 호골주 익어가는 냄새가 진동을 하였다.

소금 장수

송도의 인삼 장수 최가 형제가 한 보따리 인삼을 걸머지고 평양으로 가는 길에 청석골을 지나게 되었다. 최가 형제의 집안은 대대로 인삼 장사를 하고 있었다.

중국과의 교류가 잦은 평양과 의주를 드나들면서 상당한 치부를 하였지만, 여지껏 다른 사람의 손을 빌어본 적이 없었다. 인삼 수백 근씩을 형제가 직접 걸머지고 다니면서 장사를 하고 있었던 것이다.

"형님, 길이 후미진 게 어째 무시무시하네요."

"그런 소리 입밖에도 내지 마라. 뭐 얘기하면 뭐 나온다더라."

"아무래도 예감이 이상해요. 쇠도리깨 도적놈이 나온다는 데가 바로 여기 아닌가요?"

"좀더 가봐야지. 그놈이 요즈막엔 탑고개에 많이 나온 댔으니까."

"인삼을 뺏기지 않을까요?"

"인삼뿐이냐. 중국 비단을 살 어음쪽이나 빼앗기지 않으면 좋겠다."

"그러길래 내 뭐랍디까. 이 길로 오지 말자고 해도 자꾸 우기시더니."

"괜찮아. 인삼짐은 하늘이 돕는 법이다."

"쇠도리깨 앞에서두 하늘이 소용 있을까요?"

"입 그만 놀려라."

"하여간 송도 포도군관 놈들은 국록만 처먹고 자빠져서 뭘 하는지, 원."

"작년에 청석골 패거리들한테 크게 다친 후론 얼씬도 하지 못하는 모양이더라. 청석골뿐이냐. 큰 고개나 큰 산줄기엔 어김없이 도적들이 설치는데 송도 유수나 황해 감사는 백성들 등만 처먹을 줄 알았지 어디 도적놈 잡는 데야 힘을 쓴다든."

"아무튼 도적놈들 때문에 큰일이에요."

"도적이 어디 그 도적뿐이냐. 진짜 도적은 나랏님 허가받은 토관놈들이지."

"도적이 사방 천지에 널린 셈이군요."

"그렇다고 할 수 있지."

"형님, 이제 인삼 장사 걷어치우고 있는 거나 가지고 살 생각을 합시다."

"그래도 사람은 숨이 붙어 있는 날까지 움직여야 하는 게야."

"쇠도리깨 도적놈은 극악무도하다던데 그런 흉악한 놈이 제명에 죽을까요?"

"그러게 말이다."

"이 부근에서는 청석골 도적이 제일 무서운 모양이지요."

"예전에 표창 던지는 놈 혼자 있을 때는 그렇지 않았는데 임꺽정이란 놈이 합류한 뒤부터 점차 세력이 커지면서 같은 도적 떼뿐 아니라 금도군관들도 꼼짝 못하는 모양이야."

"형님, 걸음 좀 재게 걸으세요."

"숨이 차서 어디 빨리 걷겠냐."

"그래도 서둘러 여길 빠져 나갑시다."

최가 형제가 청석골 골짜기를 벗어나 탑고개 용마루에 이르렀을 때였다.

후미진 숲 속에서 흰 두건으로 이마를 질끈 동여맨 두 사내가 튀어나와 이들의 앞을 가로막았다. 박포와 이날치였다.

"이놈들아, 등짝에 걸머진 짐보따리를 게 벗어놓고 가거라!"

그렇지 않아도 살얼음판을 걷듯 조바심을 내며 길을 재촉하던 참이었다. 갑작스레 터져나온 박포의 호령 소리에 최가 형제는 혼비백산하여 도망치기 시작했다.

죽은 최가 한 사람이 산 김가 열 사람을 당해냈는데 이 최가 형제는 왠일인지 그렇지 못하였다.

도망치는 최가 형제와 뒤를 쫓는 박포와의 거리가 점점 좁혀지고 있었다.

최가 형제는 오금이 저려 도무지 걸음이 떨어지지 아니 하였다.

"형님, 이까짓 인삼 보따리 벗어주고 갑시다."

"일 년을 벌어두 못다 벌 텐데 아깝지도 않으냐."

"그냥 지고 도망가다간 필경 저놈들 쇠도리깨에 맞아 죽을 게 뻔한데 어쩌겠수."

"죽을 때 죽더라도 그냥 지고 달아나자."

"이러다 잡히고 말겠어요."

아닌게 아니라 등 뒤에서는 박포가 씩씩거리며 달려오고 있었다. 거칠게 몰아쉬는 박포의 숨소리가 최가 형제의 귓전을 어지럽혔다. 금방이라도 손을 뻗어 목덜미를 낚아챌 것만 같았다.

마음이 조급해진 동생은 짐보따리를 내던지고 언덕 아래로 줄달음질쳤다. 욕심 사나운 형은 동생의 짐보따리까지 옆구리에 낀 채 달아나려고 안간힘을 썼다.

어느새 동생은 박포와 상당한 거리를 두게 되었다. 하지만 형은 본디 걸음이 굼뜬데다가 동생의 짐보따리까지 떠맡았으니 금세 따라잡힐 수밖에 없었다.

"아직도 짐보따리에 미련이 남았느냐! 이 우둔한 놈아. 네놈이 쇠도리깨 맛을 봐야 정신을 차릴 모양이구나."

박포가 쇠도리깨를 높이 쳐들었다. 금방이라도 내려칠 기세였다.

박포의 흉폭함을 익히 들어 알고 있던 형은 땅바닥에 코를 박은 채 오들오들 떨고 있었다. 이젠 꼼짝없이 죽었구나 싶었다.

"이놈들아, 나하고 한번 붙어보자."

갑자기 언덕 아래에서 우렁찬 목소리가 들려 왔다. 박포가 힐끗 소리난 쪽을 바라보니 방금 전에 짐보따리를 내팽개치고 도망갔던 최가의 동생이 소금을 한 짐 걸머진 건장한 사내와 함께 언덕을 올라오고 있었다.

"네놈은 또 어디서 굴러먹다 온 개뼈다귀냐?"

박포가 그쪽을 향해 눈을 부라렸다.

"이 쇠도리깨에 맞아 뒈지기 전에 냉큼 무릎을 꿇어라."

"네놈 손에 죽을 목숨이라면 이 세상에 태어나지도 않았다."

"무엇이 어째?"

성질 급한 박포가 분에 못이겨 쇠도리깨를 휘둘렀다. 백 근짜리 쇠도리깨가 사내의 정수리를 향해 곡선을 그으면서 내리꽂혔다.

보통 사람 같으면 그 한방에 벌써 북망산천을 헤매고 있을 것이다. 그러나 사내는 머리 위로 떨어지는 쇠도리깨를 가볍게 한 손으로 붙잡았다.

"흥, 네놈이 힘깨나 쓰나 본데, 그럼 어디……"

박포가 소리내어 중얼거리며 쇠도리깨를 빼내려고 했다.

"건방진 놈 같으니라구."

사내는 쇠도리깨를 잡은 손에 힘을 주었다. 쇠도리깨를 빼앗기 위해 팽팽한 줄달리기가 시작되었다. 서로 한 치의 양보도 없었다.

두 사람은 젖먹던 힘까지 다하여 쇠도리깨를 잡아당겼

다. 한동안 용을 쓰던 박포의 얼굴이 묘하게 일그러졌다.
자신의 힘이 사내에게 부친다는 느낌이 들었던 것이다.
박포가 아무리 잡아당겨도 사내는 꿈쩍도 하지 않았다.
구슬같은 비지땀이 박포의 이마에 송글송글 맺혔다.

"우리 좀 쉬었다 하자."

박포의 느닷없는 제안에 사내는 코웃음을 쳤다.

"네놈이 실성을 했구나."

"힘이 드니 쉬었다 하잘밖에."

"너같이 흉악한 도적놈은 그냥 둘 수가 없다."

"나하고 무슨 원수라도 졌더냐?"

"죄없는 양민을 괴롭힌 죄만 해도 용서받지 못할 것이
다."

"그러지 말고 우리 내일 다시 붙자."

"이 경을 칠 놈아. 네놈이 나를 바지저고리로 알았더
냐!"

사내는 등에 걸머졌던 소금 보따리를 벗어 내동댕이
치며 박포의 쇠도리깨를 나꿔챘다. 박포의 입에서는 어,
하는 탄성이 저절로 새어나왔다.

"이제 저승으로 갈 채비나 해라."

사내가 빼앗은 쇠도리깨로 박포의 면상을 후려쳤다.
박포는 외마디 비명과 함께 땅바닥에 나뒹굴었다. 터진
이마에서 흘러내린 피가 온통 얼굴을 뒤덮었다.

옆에서 이 광경을 지켜보고 있던 이날치는 새파랗게
질려서 산등성을 향해 냅다 뛰었다. 그 때까지 숨을 죽
이고 있던 최가 형제가 사내에게 달려들었다.

"오돌이, 고마우이. 내 이 은혜 평생 잊지 않겠네."

"가만 있수. 이 기회에 저 도적놈도 한꺼번에 요절을 내버립시다."

　최오돌이 이날치를 뒤쫓으려 하자 최가 형제가 극구 말렸다.

　"목숨 부지하겠다고 도망친 놈 쫓아가 죽일 필요까지 뭐 있겠나. 이놈만 묶어가지고 가세."

　"무거운데 끌고 갈 것 뭐 있소. 그냥 때려 죽입시다."

　"그러지 말게."

　"왜요?"

　"사람 목숨을 함부로 해서야 쓰나."

　"도적놈을 잡아 죽였는데 어느 누가 뭐라겠소."

　"인명은 재천일세."

　"아무리 그렇다지만 흉악무도한 도적놈을 살려둔단 말이오?"

　"행동이 거칠수록 심성은 고운 법이네. 아마 본성은 그리 악하지 않았을 걸세. 하여간 포박을 지어 송도로 가서 포도군관인가 금도군관인가 국록만 축내는 놈들에게 넘겨 주세."

　"좋도록 하시오."

　최오돌은 짐을 묶었던 밧줄을 풀어 겨우 목숨만 붙어 있는 박포를 결박한 다음 탑고개를 내려가기 시작했다.

　정신없이 내닫던 이날치는 다 죽어가는 동료를 내버려 둔 채 혼자 살겠다고 도망치는 것이 비겁하다는 생각이 들어 살금살금 오던 길을 다시 밟아가서 세 사람이 하는 얘기를 다 엿들었다.

　'돌쇠 형님과 함께 왔더라면 표창 한 개로 간단히 해

결했을 것을 이게 무슨 꼴이람. 그나저나 박포가 포도군
관에게 넘어가기 전에 구해내야 할 텐데 이 일을 어쩌면
좋지?'

아무리 짜내도 묘안이 떠오르지 않았다. 나뭇가지 사
이로 바라보니 박포가 끌려가는 모습이 애처롭기 그지
없었다.

이날치의 눈가에 눈물이 고였다. 소매로 눈물을 훔치
는데 문득 한 가지 계교가 머리를 스치고 지나갔다.

그는 어슬렁어슬렁 탑고개 마을로 내려갔다. 지름길로
해서 최오돌 일행보다 먼저 마을로 들어간 이날치가 큰
집 사랑에 가 앉으니 몇몇 사람들이 아는 체를 하며 모
여들었다.

"오늘은 벌이가 어떻습니까?"

"지금 벌이가 문제가 아닐세. 야단이 났네."

"무슨 일인데 그러십니까?"

"돌쇠 형님이 양주 일가집에 다니러 갔기 때문에 사단
이 벌어졌는데 자네들이 수고 좀 해줘야겠네."

"대체 무슨 일인지 말씀을 해 보세요."

"박포가 붙잡혔네. 지금 이리로 끌려오고 있는 중인데
반쯤 죽은 목숨일세."

"기운이 장사인 사람도 붙잡힐 때가 있습니까?"

"막비 운수지만 워낙 기운을 쓰는 놈을 만나놔서."

"그놈이 천하장사인 모양이지요."

"여부가 있나."

"돌쇠 형님만 있었더래도 간단할 걸 그랬습니다."

"그러게 말일세."

"우리가 어쨌으면 좋겠습니까?"

"자네들이 도와 줄텐가?"

"상금만 후하게 주신다면야……"

"성사만 된다면 상금뿐이겠는가."

이날치가 목소리를 낮추어 동네 건달 네댓 사람에게 자신의 계교를 설명해 주었다.

"술을 먹으려 할는지요?"

"그거야 자네들 수단에 달렸지."

"뭐라고 꾀면 좋을까요?"

"장사님들은 우리 마을의 은인이라고 추켜세우게. 마을 사람들이 흉악한 쇠도리깨 도적놈 때문에 하루도 편할 날이 없었는데 이제 두 다리를 쭉 뻗고 살게 되었다며, 그냥 보내드릴 수 없다고 붙들고 늘어지게. 그런 다음 술에다가 슬쩍 약을 타는 거야."

"식은 죽 먹기네요."

"다른 놈은 몰라도 덩치 큰 놈에게는 틀림없이 먹여야 하네."

"염려 마십시오."

"상금이나 준비해 놓으세요."

"이 사람아, 우리가 언제는 상금을 믿었나, 날치 형님 인품을 믿었지."

저마다 한마디씩 지껄였다. 이날치는 무겁게 가슴을 짓누르던 어두운 그림자가 일시에 걷히는 것을 느꼈다. 막걸리 한 사발을 시켜 쭉 들이키자 머리까지 상쾌해지는 기분이었다.

동네 건달들은 탑고개가 올려다보이는 큰길로 나섰다.

마침 최오돌 일행이 탑고개에서 내려오고 있었다.

결박이 지워진 박포는 최오돌에 의해 개처럼 끌려오고 있었는데 전신이 피투성이였다. 머리는 헝클어져 산발이고 유혈이 낭자한 얼굴은 코와 입을 분간하기 어려울 정도였다.

그 뒤로 어깨에 쇠도리깨를 엇비슷이 멘 동생 최가가 뒤따르고 있었다.

"바로 이놈이 쇠도리깨 도적놈인가요?"

동네 건달들이 그 앞으로 다가서며 물었다.

"그렇소."

최오돌이 퉁명스럽게 대답했다.

"대단하십시다. 이놈이 바로 우리 동네 사람을 둘이나 때려 죽인 도적놈이오. 이제야 우리가 베개를 높이 하고 자게 생겼소. 탑고개 마을에도 이제 평화가 왔나 보오."

건달 중에서 하나가 나서서 너스레를 떨었다.

"다행스런 일이오."

최오돌이 알아줘서 고맙다는 얼굴로 사람들을 둘러보았다.

"장사들은 어디서 오셨습니까?"

"송도에서 왔소."

"대체 이놈을 어떻게 때려 눕혔소. 이놈은 포도군관들도 감히 손을 대지 못하는 흉악한 놈인데."

"그랬을 거요."

"그래, 이 흉악한 놈을 송도까지 끌고 갈 작정이오?"

"그럴 참이오."

"해도 얼마 남지 않았는데 뭣하시면 우리 동네에서 주

무시고 가시지요."

"공연히 폐를 끼치고 싶지 않습니다."

"당치도 않은 말씀이오. 장사들은 우리의 은인이랄 수 있는데 우리가 대접을 해야 마땅하지요."

"맞습니다. 장사들을 안 뵀다면 몰라도 이렇게 뵙구서 그냥 보내드린다는 건 도리가 아니지요."

건달들은 그들을 유인하기 위해 계속해서 달콤한 미끼를 던졌다.

"하잘 것 없는 조그만 마을에서 여러분을 뫼신다는 게 송구스럽지만 저희들의 정성이니 부디 사양하지 말아 주십시오."

"형님, 어찌 하실라우?"

동생 최가가 물었다.

"여러분의 성의를 무시할 수야 있겠느냐."

형 최가가 대답했다. 최오돌은 이렇다 저렇다 말이 없었다. 팔촌뻘의 형들이지만 워낙 나이 차이가 많아서 그들의 결정에 드러내놓고 반대할 수도 없는 처지였다.

"이왕 늦었으니 묵어가는 것도 괜찮긴 하지만 워낙 도적 소굴과 가까운 곳이 돼놔서……"
하고 중얼거렸을 뿐이었다.

그들은 동네 건달들을 따라서 탑고개 마을로 들어갔다. 이십여 호쯤 되는 초가집이 조그만 골짜기 사이에 드문드문 박혀 있었다.

최오돌 일행은 그중 제일 큰 집으로 안내되었다. 방바닥은 알맞게 따뜻했다. 추위와 긴장으로 움츠러들었던 몸이 일시에 풀렸다.

얼마가 지나자 술상이 들어왔다. 모두의 잔에 술이 채워졌다.

"카, 술맛 좋다."

건달 중 하나가 술을 마시면서 큰 소리로 떠들었다. 물론 최오돌 일행의 구미를 돋구느라 일부러 그런 것이었다. 그는 술잔을 들어 최오돌에게 권하였다.

"장사의 존함을 여쭤봐도 될까요?"

"최오돌이라고 하오."

"한잔 드시지요."

먼저 최오돌이 마시고, 차례로 최가 형제가 한 잔씩을 마셨는데, 마신지 얼마 되지 않아 졸음이 쏟아지기 시작했다.

"술이 보통 독한 게 아니군."

최가 형제는 밀려드는 잠을 도저히 참을 수 없어 염치 불구하고 자리에 누웠다.

장력이 센 최오돌도 벽에 몸을 기댄 채 옆으로 기우는 몸을 억지로 가누었다. 누군가 눈짓을 하자 건달들은 일제히 자리에서 일어섰다.

밖으로 나와 미리 준비해 두었던 밧줄을 하나씩 들고 다시 방으로 들어가니 힘 센 최오돌도 별수 없었던지 모로 쓰러져 코를 골고 있었다.

최가 형제는 침까지 질질 흘리면서 세상 모르고 자고 있었다.

"결박을 지을까요?"

뒤따라 들어온 이날치에게 건달이 물었다.

"이 우라질 놈들아, 뒷방에 있는 박포부터 풀어주고

결박을 하든지 말든지 해야 게 아니냐."

"거기까진 생각이 미치지 못했습니다. 용서하십시오."

"우선 최오돌이란 놈의 옷부터 벗기고 움직이지 못하도록 결박해라. 내일 아침 깨어나거든 난도질해서 없애야겠다."

단단히 이르고는 이날치는 뒷방으로 건너갔다. 더운 물을 가져다가 피투성이가 된 얼굴을 씻어주고 밤새도록 신음하는 박포 곁에서 간호를 하였다.

박포의 상처는 생각보다 깊었다. 열도 심했다. 근처 동네의 의원을 불러다가 침을 놓는다 뜸질을 한다 법석을 떨었지만 별 차도는 없었다.

박포가 계속 끙끙대며 앓는 것을 보며 이날치는 당장이라도 최오돌과 최가 형제를 요절내고 싶었으나 당사자인 박포에게 기회를 줘야한다는 생각에 꾹 눌러 참았다.

한밤중이 지나면서 최오돌은 온몸에 한기를 느꼈다. 약 기운이 떨어지자 정신이 들기 시작한 것이었다. 가늘게 실눈을 뜨고 살펴보니, 결박을 당한 채 기둥에 묶인 신세였다.

'술 한잔이 조화 속이었구나. 어째 도적 소굴과 가까운 게 께름칙하더라니.'

최오돌은 뜬눈으로 밤을 지새웠다. 잠이 올 리 없었다. 새벽녘이 되자 한기가 뼛속까지 파고들었다. 사지가 결리고 허기까지 몰려왔다.

"제기랄."

자신의 신세가 하도 처량해 최오돌은 땅이 꺼져라 한숨을 내쉬었다. 소금 장사 십여 년에 이 지경이 되어보기도 처음이요, 도적들의 소굴에서 봉변을 당해보기도 처음이었다.

밖이 어수선한 것이 일찍들 일어난 모양이었다. 안마당에서는 칼 가는 소리가 심란하게 들려 왔다.

'저것이 나를 잡으려는 수작은 아닐까?'

정신이 번쩍 들었다. 혹시나 해서 방안을 두리번거리는데 방문이 열리며 이날치가 들어왔다.

"이놈들을 끌고 뒷산으로 가자!"

이날치가 밖을 향해 소리를 질렀다. 동네 건달들이 우우 하고 몰려들었다.

"나를 어쩔 셈이냐?"

최오돌이 고개를 빳빳이 세우고 물었다.

"간을 내서 먹을란다."

"사내 자식이 싸움을 하려면 정정당당하게 승부를 가릴 일이지 비겁하게 이 무슨 간악한 흉계냐!"

"저승에 가서도 그런 말이 나올까."

"저승으로 가고 안 가는 것이 문제가 아니라 명색이 대적 소리를 듣는 너희가 이 따위 간교한 술책이나 부린다니 실망스럽다."

이 때 방에서 두 사람의 대화를 듣고 있던 박포가 고함을 질렀다.

"두 놈만 죽이고 그놈은 살려두시오."

"도량 넓은 수작 작작하고 몸조리나 해. 천하의 못된 놈은 살려주고 양같이 순한 놈들은 죽이란 말이냐?"

이날치가 받았다.

"그놈에겐 사내 대장부의 기백이 있소. 약으로 사람을

잡은 것은 우리의 실책이오. 내 다시 싸워 보겠소."

"또 대가리가 깨질려고……?"

"지고 이기는 것이야 어쩔 수 없는 노릇 아니오."

"시거든 떫지나 말지."

한동안 실갱이가 계속되더니 박포가 방문을 열고 나왔다.

박포는 아무렇지도 않은 듯이 최오돌에게 다가가 칭칭 동여 맨 결박을 풀어주었다. 얼결에 결박이 풀린 최오돌은 멀거니 눈을 들어 박포를 바라보았다.

어제의 격전이 눈앞을 스쳐갔다. 박포의 얼굴에 그윽한 미소가 흘렀다.

"형님, 용서하슈."

갑자기 박포가 최오돌의 발밑에 넙죽 엎드리며 절을 했다.

"도대체 무슨 뚱단지 같은 소리냐?"

최오돌은 어이가 없었다.

"싸움은 어제 끝났소. 승부에서 졌으면 깨끗이 승복하는 게 사내 대장부의 도리 아니겠소."

박포는 최오돌의 결박을 마저 풀어주었다.

"사내끼리 싸우면 적이요, 사귀면 친군데 우리 술이나 한잔 기울입시다."

옆에서 지켜보던 이날치가 끼어들었다.

창밖으로 햇살이 따사롭게 내리쬐고 있었다. 박포와 이날치, 최오돌과 최가 형제들은 술상을 마주하고 둘러앉았다.

"형님은 천하장사요."

박포가 최오돌의 힘을 칭찬했다.

"뭐 힘이랄 게 있소."

"그만하면 팔도 천지에서 당할 사람이 드물 거요."

"양주 사는 우리 꺽정이 형님에 비하면 내 힘은 절반에도 미치지 못할 거요."

"임꺽정 두령이 댁한테도 형님이 되오?"

"형님을 형님으로 모시지 아우로 모시겠소."

"이거 하마터면 일가끼리 큰일날 뻔하지 않았나. 잔동티는 술로 찜질하면 낫는 법이니 우리 이 길로 청석골에 가서 술이나 실컷 먹도록 합시다."

최오돌은 도적놈들하고 형님이니 아우니 또 무슨 일가니 하는 말들이 다 언짢았으나 박포의 행동이 사내다웠을 뿐 아니라 임꺽정과 막역한 사이라기에 굳이 사양하지 않았다.

최가 형제는 놀란 가슴이 아직도 진정되지 않는 데다 인삼을 빼앗기지 않을까 다소 불안하기도 했지만 팔촌 동생인 최오돌을 극진히 대하는 도적놈들인지라 믿고 청석골로 따라 들어갔다.

탑고개를 넘어 산길로만 이십여 리를 들어가니 십여 간의 훤출한 기와집이 후미진 비탈 아래 우뚝 서 있었다.

"훌륭한 집이오."

최오돌의 입에서 절로 찬탄의 소리가 새어나왔다.

"백년대계를 세울 만한 곳이지요."

이날치가 은근히 집터 자랑을 했다. 일행이 집앞에 당도하여 기척을 하자 양주 갔던 기돌쇠가 뛰어나와 반갑게 맞아 주었다.

"인제들 오는구만, 꺽정이 형님이 오셨네."

"꺽정이 형님이 오셨다구요?"

박포가 반색을 하며 집으로 뛰어들었다. 그 뒤를 최오돌이 따랐다.

"형님이 웬일이시우?"

"너는 여기 웬일이냐?"

평소 침중하기로 소문난 임꺽정이 최오돌을 보고 반색을 했다.

박포는 탑고개에서 봉변을 당한 일이며 다시 최오돌을 사로잡기까지의 과정을 소상하게 늘어놓았다.

최오돌은 최오돌대로 박포의 사내다움을 칭찬했다.

"너도 다음부터는 주먹만 휘두르지 말고 병장기를 하나 갖도록 해라. 하다 못해 철퇴 같은 거라도 좋으니."

"저는 철퇴보다 창이 하나 있으면 좋을 것 같소."

"오냐, 다음 기회에 근사한 창 하나 만들어 주마."

꺽정의 대답이었다. 최오돌 덕분에 최가 형제까지도 융숭한 대접을 받았음은 물론이다.

연일 술자리가 벌어졌는데 마시는 술은 모두 호골주요, 깔고 앉은 방석들은 호피였다. 임꺽정도 호랑이 잡던 이야기를 들으며 신이 나서 호골주를 들이켰다.

"힘이 솟구치는 것 같구나."

"형님, 마침 잘 됐소. 힘이 솟는다니 힘 구경 좀 시켜 주시오."

최오돌이 임꺽정 곁으로 바싹 다가앉으며 졸랐다.

"그거 듣던 중 반가운 소리요."

모두들 최오돌의 의견에 찬동을 했다.

"허참, 뭐 구경할 게 있다고."

임꺽정이 계면쩍은 듯 빙그레 웃어보였다.

"호골주 잡숫고 힘이 더 난다니 어디 한번 힘을 써보시란 말이죠."

기돌쇠가 채근을 하니 임꺽정도 할 수 없다는 듯이 자리에서 일어섰다.

"튼튼한 밧줄이 있거든 이리 내오게."

밖으로 나온 임꺽정이 기돌쇠에게 말했다. 기돌쇠가 곧바로 굵은 밧줄을 가지고 나왔다.

"오돌이, 박포, 돌쇠 모두 함께 잡아다니게. 내 혼자서 버텨 볼테니."

임꺽정이 제의한 것은 줄다리기였다.

"자, 먼저들 잡아당기게."

임꺽정의 말이 떨어지기가 무섭게 세 사람은 동시에 줄을 잡아당겼다.

임꺽정은 한쪽을 쥐고, 그것도 한 손으로 움켜쥐고 꼼짝도 하지 않았다. 모두들 죽어라고 잡아당겼지만 임꺽정은 요지부동이었다. 어림도 없다는 듯이 태연하게 그 자리에 서 있었다.

이날치가 혀를 내둘렀다. 옆에 있던 최가 형제도 벌어진 입을 다물지 못했다. 안식구들까지도 모두 놀라는 표정이었다.

"너희들 힘이란 게 겨우 요것뿐이더냐? 정신들 차려라."

임꺽정이 끄응, 용을 한번 쓰자 세 사람이 일시에 끌

려왔다. 힘깨나 쓴다고 자부하던 세 사람의 장정이 임꺽정의 한 손에 놀아나는 꼴이었다.

"형님, 우리가 졌소."

박포가 고개를 떨구었다.

그제서야 임꺽정이 밧줄을 놓으며 호쾌하게 웃었다.

"고작 그것뿐이냐. 그러고도 힘을 쓴다고 떠들 수 있겠느냐."

"부끄럽기 짝이 없습니다."

"이제부터 모두 무술을 익히도록 해라. 무술은 기운을 능히 제압할 수 있느니."

임꺽정이 근엄한 표정으로 말했다.

사오일 동안이나 청석골서 호골주 타령으로 소일한 최가 형제는 인삼짐을 지고 평양으로 향하고, 임꺽정과 최오돌은 송도로 향했다. 청석골을 나오는 길로 탑고개 마을에 들러 소금짐을 찾아 짊어졌다.

최오돌은 소금을 팔기 위하여 한가촌 부근에서 임꺽정과 작별하고 오솔길을 더듬어 마을로 찾아들었다.

오십여 호가 넘는 큰 마을이었는데 겨우 소금 서너 말을 팔았을 뿐이었다. 해는 벌써 서산으로 뉘엿뉘엿 지고 있었다.

최오돌은 고개를 넘어 다른 마을로 발길을 옮겼다. 까마귀가 서쪽 하늘을 어지러이 날았다. 바람이 불 때마다 나뭇잎이 우수수 떨어졌다.

한가촌에서는 저녁 짓는 연기가 뭉개뭉개 솟아올랐다.

최오돌은 시장기를 느꼈다. 한가촌에서 하룻밤 묵고 오지 않은 것이 새삼스레 후회가 되었다.

"니미럴."

울적한 마음에 산등성이를 올려다보았다. 저녁 노을이 곱게 불타고 있었다.

그 속에서 머리에 나무를 잔뜩 인 여인이 걸어 내려오고 있었다. 언덕을 조심스럽게, 그러나 늦은 저녁 때문에 다소 서두르는 듯한 여인의 발길이 최오돌 쪽을 향했다.

두 손으로 솔검불단을 받쳐 이었는데 짧은 저고리섶 아래로 희고 탐스러운 젖무덤이 출렁거렸다.

그 아래로 비스듬히 물결치는 한없는 곡선…… 한번 쳐다보는 순간 최오돌의 가슴엔 모닥불이 일었다. 활활 타오르는 정염의 불꽃이 전신을 휘감았다. 걷잡을 수 없는 불길이 온몸을 불살라 마침내 흔적도 없이 사라질 것만 같았다.

최오돌은 재빨리 소금짐을 벗어 바닥에 내려놓았다. 여인은 아직도 그를 발견하지 못한 모양으로 조심성 있게 비탈진 산길을 내려오고 있었다.

최오돌은 비호처럼 몸을 날려 여인의 가는 허리를 휘어잡았다. 불의의 습격을 받은 여인은 사내의 힘에 눌려 그 자리에 털썩 주저앉고 말았다.

최오돌은 난생 처음으로 여인의 골마리 속을 더듬었다. 여인은 정신을 가다듬으며 솔검불단 위로 손을 뻗어 낫을 집어들었다.

최오돌의 손은 이미 여인의 그곳을 침범하고 있었다.

"이 짐승아, 저리 비키지 못하겠느냐. 아니면 찍어 버리겠다."

낫을 치켜들며 분노에 가득찬 어조로 여인이 소리쳤

다.

그러나 최오돌에게는 이미 그런 것은 보이지도 들리지도 않았다. 그저 정욕에 불타는 육신만이 있을 뿐이었다.

최오돌의 힘은 보통 사람의 수십 배에 가까운 터라 여인은 찍는다는 소리만 연발할 뿐 옴짝달싹하지 못하였다.

최오돌은 야릇한 흥분에 휩싸여 여인을 압박하였다.

"정말 찍어 버릴 거야."

여인의 음성이 다소 떨리고 있었다.

최오돌은 저고리섶 사이로 손을 집어 넣어 젖가슴을 주물렀다. 그의 다른 손은 허벅지 안쪽으로 기어들어가 여인의 은밀한 부분을 문지르고 있었다. 죽여 버리겠다며 발악을 하던 여인의 저항도 차츰 수그러들었다.

여인은 은근히 몸을 틀며 최오돌의 성급한 손길을 피하려고 하였다. 그럴수록 최오돌의 손길은 더욱 거칠어졌다.

"앙탈부리지 마."

"아, 알았어요…… 급하긴…… 아이…… 내가 왜 이러지?"

반쯤 벌어진 여인의 입술이 끈적거리는 신음 소리를 토해냈다. 최오돌은 그녀의 색정 어린 입술을 무서운 힘으로 빨아들였다.

"으음……"

최오돌의 혓바닥이 뜨겁게 헤집고 들어가자 여인은 한껏 뒤로 고개를 젖히며 신음하였다.

최오돌 역시 짜릿한 쾌감에 몸을 떨었다. 서서히 달아

오르던 여인의 몸이 일순 활활 타오르는 것 같았다. 수줍게 숨어 있던 여인의 혓바닥이 최오돌의 입 속 깊숙한 곳에서 파닥거렸다.

최오돌의 혀가 미꾸라지처럼 빠져 나와 목덜미로 향하자 여인의 벌려진 입술에서 뜨거운 입김이 왈칵 솟구쳐 나왔다.

"아이…… 어떻게……"

여인의 달뜬 음성이 더욱 끈끈하게 들려 왔다.

최오돌의 흥분은 산 정상을 향해 무섭게 질주하고 있었다. 여인의 무릎에서 허벅지 안쪽으로 기어 올라가던 최오돌의 입술이 도톰하게 구릉진 계곡 근처에 이르자 그의 눈은 치밀어오르는 욕정으로 벌겋게 타올랐다.

최오돌은 더 이상 참지 못하고 여인의 치마자락을 가슴께까지 걷어올렸다. 여인의 짙은 음모가 한눈에 들어왔다. 알맞게 열려진 그 아래는 이미 욕망의 수액으로 젖어 있었다.

최오돌의 핏발선 눈은 더 이상 그것을 바라볼 수 없었다. 다급하게 고의춤을 까내리고는 여인의 몸 안으로 헤집고 들어갔다.

여인은 완력으로 밀고 들어오는 사내의 난폭한 침입에 그만 입술을 깨물고 흐느끼기 시작하였다.

"으흐흐흑……"

여인은 깨문 입술 사이로 터져나오는 신음 소리를 혹시라도 누가 들을까 봐 손으로 입을 틀어막았다.

그러나 그것도 잠시뿐, 최오돌의 파상적인 돌진 앞에서는 속수무책이었다. 최오돌의 건장한 몸이 아랫배 쪽을 압박할 때마다 여인의 거친 호흡이 손가락 마디 사이로 욱! 욱! 터져 나왔다.

여인은 열병 걸린 환자처럼 계속 헐떡거리며 헛소리를 연발했다. 그녀의 눈동자는 어느샌가 촛점을 잃고 있었다.

최오돌의 이마에도 굵은 핏줄이 돋아났다. 여인은 학질 걸린 사람처럼 심하게 온몸을 떨었다.

두 사람은 정상의 가파른 벼랑을 기어 올라가고 있었다. 최오돌이 여인의 어깨를 으스러지듯 껴안았을 때 그녀의 열린 입술 사이로 막힌 숨이 뚫리듯 갑자기 격렬한 신음이 터져 나왔다.

"우우욱…… 흐흐흑……"

그것은 오랫동안 참아 왔던 광적인 울음이었다.

최오돌은 당황하여 손바닥으로 입을 막았다. 그러나 봇물처럼 터져 나오는 울음을 손바닥으로 막기에는 역부족이었다.

"조용히 해. 누가 듣기라도 하면 어쩔려고 그래."

"듣긴 누가 들어. 안아 줘! 흐흑!"

최오돌은 훌쩍거리는 여인의 어깨를 토닥거렸다. 여인은 이미 수치심을 잃은 것 같았다.

그녀는 다시 최오돌의 품 속으로 기어들었다.

"우리 집으로 갈 거지? 수절하는 과부 미치게 하고는 그냥 갈 생각 말아. 죽여 버릴 테니까."

여인이 곱게 눈을 흘겼다. 최오돌은 난감했지만 여인을 겁탈하였는지라 요구를 들어주지 않을 수 없었다.

그 날 저녁 최오돌은 한가촌의 과부집에 여장을 풀었

다. 여인은 삼십을 갓 넘긴 젊은 과부였다. 미모가 출중
했지만 워낙 성질이 괄괄하여 한가촌 사내들은 그저 군
침만 삼키고 있었다.

남편은 여러 해를 두고 병석에 누워 있었는데, 밤마다
그런 남편을 들볶을 정도로 과부는 색을 밝혔다.

최오돌은 그 날 저녁부터 과부의 집사람이 되었다. 정
확히 말하자면 그 집의 바깥 주인이 된 셈이었다.

소금 장수 최오돌의 출현은 조용했던 마을을 들끓게
만들었다. 그것은 최오돌이 상관한 과부가 워낙 빼어난
미모의 소유자였기 때문이었다.

평소 눈독만 들이고 있던 한가촌 사내들은 못내 아쉬
워하면서도 모이기만 하면 과부와 소금 장수 이야기를
입에 올렸다.

"고년이 앙큼을 떨더니 결국 총각놈 힘센데 반했구
만."

"이놈아, 그런 게 아니라 그 총각놈 코에 홀딱 넘어간
거야. 무슨 놈의 코가 그렇게 큰지."

"쥐뿔도 모르면 잠자코 있기나 해. 코가 크다고 다 큰
줄 알아."

"그럼?"

"천만의 말씀이다 이거야."

"뭐가 커야 그놈이 큰데?"

"옛 성현께서 말씀하시길 콧구멍이 커야만 물건도 훌
륭한 법이라고 했어."

"아닌게 아니라 그 총각놈 콧구멍이 크긴 크더라."

"그러니까 과부년이 홀딱 빠졌지."

"생판 낯짝도 모르는 타관놈하고 대체 어디서 눈이 맞은 거야?"

"낸들 아나."

옆에서 그 이야기를 듣고 있던 초군 한 사람이 자랑스럽게 나섰다.

"과부가 소금 장수를 유혹해 산으로 올라갔대."

"저런 발칙한 년 봤나."

"능구렁이가 따로 없다니까."

"과부가 오죽했으면 그랬겠냐."

"아이구, 죽겠다."

"말 조심하게. 소금 장수가 천하장사라네. 공연히 잘못 걸렸다간 큰코 다치기 십상이지."

"그래, 이 마을에 과부가 어디 이 과부뿐인가. 오 과부도 있잖은가."

"얼굴도 이 과부 못지 않지."

"소금 장수 총각놈이 마저 건드리기 전에 품어봐야 할 텐데."

"예끼, 네깟놈한테까지 차례가 돌아갈 성싶으냐."

이제 마을 사람들의 관심은 오 과부에게로 옮아가고 있었다.

이 과부와 오 과부

여자의 체취를 알게 된 최오돌은 고향으로 돌아가는 것도 잊어버리고 줄곧 과부의 집에 파묻혀 지냈다.

한번 불붙기 시작한 정염의 불길은 무엇으로도 잠재울 수 없었다. 그것은 마치 **범람하는** 홍수와도 같았다. 욕정의 노예가 되어버린 최오돌은 과부의 젖가슴과 풍만한 둔부를 탐하면서 하루하루를 보냈다.

벌써 한 달이라는 세월이 흘렀다. 이 과부가 최오돌을 만난 후로는 젊고 혈기 왕성한 그의 기운이 오히려 벅찰 지경이었다.

최오돌이 한가촌 사람이 된지 달포가 넘어서면서 그는 남에게 드러내놓고 이 과부의 남편 행세를 하였다.

낮이면 산에 가서 나무를 해오고 밤이면 새끼를 꼬다

가 과부를 안고 나뒹굴었다.

단꿈같은 세월이 마냥 흘렀다. 가을이 깊어 가는구나 싶었는데 어느새 초겨울로 접어들고 있었다. 서리를 맞은 다래와 머루 넝쿨에는 익을 대로 익은 과일이 탐스럽게 매달려 있었다.

깊은 산골짜기에는 떨어진 낙엽들이 쌓여서 발목까지 빠질 지경이었다.

그 날도 최오돌은 보통 사람보다 다섯 곱절은 실히 되게 나무를 해가지고 깎아지른 산비탈을 내려오고 있었다. 도토리를 까먹던 다람쥐 한 마리가 인기척에 놀란 듯 쪼르르 뛰어갔다. 최오돌이 재빨리 지게 작대기로 내리쳤으나 맞지 않았다.

다람쥐는 약을 올리기라도 하듯 살금살금 기어서 숲 속으로 사라졌다. 개울을 따라 비지땀을 흘리면서 내려오던 최오돌이 문득 걸음을 멈추었다.

냇물이 흘러가다 잠시 머무는 여울목에서 큰 곰 한 마리가 바위를 앞발로 치켜서 일으켜 세우고 있었다.

최오돌은 가슴이 방망이질 치는 것을 억지로 진정시켰다. 실로 오랜만에 웅담을 먹어볼 수 있다는 생각을 하니 흐뭇하기 그지 없었다. 팔진미에 든다는 곰의 발바닥도 군침을 삼키게 만들었다.

"후여! 후여!"

최오돌은 바위 위로 올라가 곰을 유인했다.

갑작스런 고함 소리에 놀란 곰은 떠받치고 있던 바위를 털썩 놓아 버렸다.

사방을 휘휘 둘러보던 곰은 건너편 바위 위에 사람이

서 있는 것을 발견하고는 노도와도 같이 달려들었다.

최오돌은 옆에 준비해 두었던 커다란 바위를 번쩍 들어 곰의 머리를 내리쳤다. 몇 번을 계속해서 내리쳤을까. 이상한 비명을 지르며 곰이 쓰러졌다. 그리곤 움직이지 않았다.

최오돌은 지게에서 나무짐을 모조리 쏟아내고는 그 위에 죽어 널부러진 곰을 얹었다. 기뻐 날뛰는 과부의 모습을 상상하니 괜히 마음이 조급해졌다.

아직도 한식경은 더 가야 한가촌 어구인데 최오돌은 미친놈처럼 뛰어서 산등성을 넘었다.

그 때였다. 어디선가 사람 살리라는 비명 소리가 들려왔다. 사뭇 겁에 질린 여자의 목소리였다.

최오돌은 지게를 벗어놓고 사방을 살폈다. 산등성이 아래 백양나무 숲 쪽이었다. 그 숲 한가운데 움푹 패인 곳에서 나는 소리가 분명했다.

최오돌은 한달음에 그곳으로 달려갔다. 가면서 벼락처럼 고함을 질렀다. 여인을 깔고 앉았던 곰이 고함 소리에 놀라 벌떡 일어섰다.

최오돌은 쏜살같이 곰을 향해 달려갔다. 곰과 뒤엉켜 한참을 엎치락뒤치락 하던 최오돌은 잽싸게 뒤로 돌아가 곰의 목덜미를 껴안았다.

곰은 무서운 발톱을 가졌으므로 뒤에서 공격하는 것이 보다 안전했다. 자칫 잘못하면 큰 부상을 입을 수도 있기 때문이었다.

최오돌은 사력을 다해 곰의 목을 졸랐다. 그 힘이 하도 엄청나다 보니 상대가 곰이라 할지라도 어쩔 수 없었다. 몇 번 캑캑거리던 곰은 고목나무 쓰러지듯 옆으로 고꾸라지고 말았다.

"이 은혜를 어떻게 갚아야 할지 모르겠습니다."

다 죽어가던 여인이 황망히 최오돌 앞에 와서 무릎을 꿇었다. 자세히 들여다보니 한동네 사는 오 과부였다.

"원, 별 말씀을……"

최오돌은 그렇게 얼버무렸으나 사실 오 과부의 말이 싫지는 않았다.

그는 문득 가슴 저 밑바닥에서 정욕이 끓어오르는 것을 느꼈다. 넘실거리는 욕망의 불길을 주체할 수가 없었다.

최오돌은 와락 여인을 끌어안았다. 그녀의 눈까풀이 파르르 떨렸다. 그러나 저항은 하지 않았다. 스르르 눈을 감은 채 사내의 처분만 기다리고 있었다.

어쩌면 그것을 바라고 있었는지도 몰랐다. 최오돌은 여인을 안고 더욱 깊숙한 숲 속으로 들어갔다. 숲 속에는 만족과 흥분이 소용돌이쳤다. 새로운 환희가 최오돌의 전신을 휘감았다. 그것은 신비한 체험이었다.

최오돌은 자신도 모르는 사이 여인의 깊은 곳으로 끌려 들어갔다. 거기엔 이 과부의 그것과는 전혀 다른 무엇이 있었다. 밥으로 치면 찹쌀밥과 같은 것이었다.

최오돌은 여인의 깊은 그곳에서 빠져 나올 수가 없었다. 그것은 최오돌에게 있어 또 다른 성의 발견이기도 했다.

"저희 집에도 가끔씩 오셔야 해요."

숲 속에서 나오면서 오 과부가 나직하게 속삭였다.

"암, 가구말구."

"이 과부가 질투하면 어쩌지요?"

"공평하게 해주는데 뭐라고 할까."

"십 년 묵은 체증이 쑥 내려간 거 같아요."

"그럴 테지."

두 사람은 어둠이 내리는 산자락을 다정하게 내려왔다.

한가촌에서는 또 한번 큰 소동이 벌어졌다.

"맨손으로 곰을 때려 잡았다면서."

"오 과부가 곰한테 당할 뻔한 것을 구해줬다지."

"어쨌든 대단한 놈이야."

어느새 소문이 돌았는지 마을 사람들은 저마다 한 마디씩 거드는 것을 잊지 않았다.

주막 앞에 모여 있던 사내들도 최오돌이 지나가자 그의 등 뒤에다 대고 들으라는 듯이 목청을 돋구었다.

"야, 그놈 크기도 해라."

"웅담만 팔아도 한밑천 단단히 잡겠는걸."

집 앞에서는 아이들과 아녀자들이 최오돌을 기다리고 있었다. 지게 위에 얹힌 곰을 구경하기 위해 고개를 빼며 달려드는 사람들을 밀치고 마당으로 들어선 최오돌은 자랑스럽게 곰 두 마리를 이 과부 앞에 내려놓았다.

이 과부의 입이 함지박만하게 벌어졌다. 그렇잖아도 밖으로 내몰려온 참에 잘 됐구나 싶었다. 정조를 바친 덕분에 어쩔 수 없이 데리고 살기는 하나, 벌이도 없이 허구헌 날 방구석에 처박혀 양식만 축내고 있으니 사람들 보기 민망했던 것이다.

사람들 입에서는 온통 칭찬의 소리뿐이었다. 이 과부는 은근히 최오돌을 소중하게 여겼다. 웅담 두 개면 값이 엄청나다고 하니 더욱 그랬다.

그 날 밤 이 과부는 열과 성을 다해 최오돌의 육체를 받아들였다.

이 과부가 곤한 잠에서 눈을 뜬 것은 한밤중이었다. 방안은 텅 비어 있었다. 당연히 옆자리에 누워 있어야 할 최오돌이 온데 간데 없이 사라져 버린 것이었다.

다른 때 같았으면 드르렁드르렁 코를 골면서 정신없이 자고 있을 그였다.

'혹시 이 양반이?'

문득 짚이는 데가 있었다. 한마을에 사는 오 과부였다. 최오돌이 곰의 습격으로부터 오 과부를 구해줬다는 소리를 듣는 순간 이 과부는 야릇한 질투심에 몸을 떨구었다.

과부 사정은 과부가 안다고 하지만 막상 자신의 젊은 서방과 놀아나고 있을지도 모른다는 의심이 들자 내부에서 맹렬하게 불타오르는 질투심을 어찌할 수가 없었다.

이 과부는 자리에서 일어나 주섬주섬 옷을 입었다. 밖은 지척을 분간할 수 없을 정도로 어두웠다. 한가촌 전체가 정적 속에 파묻혀 있었다.

이 과부는 두방망이질치는 가슴을 억지로 진정시키며 오 과부의 집으로 발길을 잡았다.

밤나무 서너 그루가 외따로 서 있는 곳이 바로 오 과부의 집이었다. 안방에서는 희미한 불빛이 새어나오고 있었다. 이 야심한 시각까지 불이 켜져 있는 걸로 보아

무슨 일이 벌어지고 있음이 분명했다.

이 과부는 살금살금 도둑고양이처럼 오 과부의 집으로 숨어들었다. 뒤꿈치를 들고 발 소리를 죽이며 안방을 향해 다가가는데 오 과부의 간드러진 웃음 소리가 귓전을 때렸다.

"호호호, 정말?"

"그렇다니까, 임자가 보고 싶어 참을 수가 있어야지."

"자다가 몰래 빠져 나올 정도로 보고 싶었단 말이죠?"

"임자 아니면 이제 하루도 못 살 것 같아."

"나중에 혼나면 어쩌려고 그러세요."

"혼은 무슨 혼이야."

"이 과부가 알면 가만 있겠어요?"

"공평하게 해주면 되지 무슨 걱정이야. 임자만한 살집이 이 세상에 또 있을까."

"아이, 간지러워……."

오 과부는 연신 음탕한 추파를 던졌다.

문구멍으로 이 광경을 들여다보던 이 과부는 머리 끝까지 분노가 치밀었으나 연놈들이 하는 짓거리를 끝까지 두고보기로 했다.

"서방님."

콧소리를 내며 오 과부가 최오돌 옆으로 바싹 다가앉았다. 기다렸다는 듯이 최오돌이 오 과부를 끌어안았다. 그리고는 천천히 옷고름을 풀기 시작했다. 이 과부는 마른침을 삼켰다.

저고리가 벗겨지고 치마자락이 흘러내렸다. 부끄러운 듯 얼굴을 붉히며 몸을 비틀었다.

"아이."

"어떻게 하라는 게야."

"다 알면서."

오 과부는 최오돌의 가슴팍을 파고들었다. 최오돌은 알몸이 된 오 과부를 이불 위에 반드시 뉘였다.

"어린애처럼 보채긴……."

최오돌이 천천히 그녀의 몸 위로 올라갔다.

문 밖에서 가슴을 졸이고 있던 이 과부는 그만 맥이 풀려 마룻바닥에 주저앉았다. 그래도 설마했는데……

오 과부가 끙끙 앓는 소리를 낼 때마다 최오돌의 숨소리는 거칠어만 갔다. 방안에서 뿜어져 나오는 뜨거운 열기와 신음 소리가 비수처럼 가슴을 후벼 팠다. 얼굴 근육이 파르르 경련을 일으켰다.

이 과부는 이를 악물고 뚫어져라 문구멍을 바라보다가 방문을 열어제꼈다. 이 과부가 갑작스레 들이닥치자 두 사람은 소스라치게 놀랐다.

"여긴 뭣하러 왔어!"

최오돌이 계면쩍게 쏘아부쳤다. 오 과부는 이부자락으로 겨우 아랫도리만 가린 채였다.

"왜 오긴…… 할 일이 있어서 왔지."

"할 일이 뭔데?"

최오돌이 발끈 성을 내자 이 과부는 저고리와 치마를 훌훌 벗더니 오 과부의 이불 속으로 들어갔다.

"자, 이 속으로 들어와요. 어서!"

이 과부는 베개까지 베고 누웠다. 최오돌은 멍하니 이 과부를 내려다보다가 이불 속으로 들어갔다. 그는 어이

가 없어 허허 웃으면서도 이 과부의 엉덩이를 두들겨 주
었다.

　그날 밤부터 최오돌은 두 계집을 한꺼번에 끼고 눕는
천하의 호색한이 되었다.

혜음령 산채

"계집복이 터진 놈은 호랑이까지 중신을 서네 그려."

"누가 아니래나."

"보아하니 행세깨나 하는 집안의 규수 같은데."

"하여간 사내는 기운이 좋고 볼 일이야."

"그나저나 계집이 셋씩이나 생겼으니 한 계집은 어느 팔에 누이지?"

"본계집더러 시중들라 하고 나머지는 한 팔에 하나씩 누이면 되지 뭘 걱정인가."

개성 유수 이강천의 외동딸 보옥이 호랑이의 먹이가 되기 바로 직전 최오돌에 의해 구출된 것은 어쩌면 하늘의 뜻인지도 몰랐다.

어미는 비록 호랑이에게 처참한 죽임을 당했지만 그

여식은 살아 남아 생명의 은인과 혼인까지 하였으니 말이다.

세번째 아내를 맞이한 최오돌은 혼례를 치른 지 며칠 지나지 않아 개성 유수 이강천을 만나기 위해 보옥과 함께 길을 떠났다.

두 과부는 정성스레 주먹밥을 만들어서는 동구밖까지 따라나와 배웅해 주었다.

거의 일 년만에 찾아가는 고향길이었다. 최오돌은 감발을 단단히 매고 송도로 향했다. 보옥도 간단한 행장을 하고 뒤를 따랐다. 허름한 차림이었으나 워낙 뛰어난 미인인지라 지나는 이들마다 보옥을 힐끔힐끔 쳐다보았다.

최오돌은 몇십 리 채 가지도 못해 주막을 찾았다. 더이상 걸을 수 없을 정도로 보옥의 발이 부르튼 때문이었다.

유수의 딸이 언제 먼 길을 걸어봤겠는가. 호랑이 등에 얹혀 수백 리나 되는 산길을 달려왔을 뿐이었다. 그 길을 거슬러 가야 하는 이번 나들이가 보옥에게 있어 힘에 부치는 것은 지극히 당연한 일이었다.

보옥과 최오돌이 하룻밤 묵게 된 주막은 그 날따라 만원이었다. 양반을 비롯해 그 짐꾼들과 수십 마리의 말들로 북적거렸다.

어디서 무슨 값나가는 물건이라도 영거해 가는지 바리바리 싣고 가다가 날이 저물자 혜음령 넘는 것을 포기하고 주막에 들른 것이었다. 도적들이 들끓는 혜음령을 무사히 넘기는 힘들 것이라고, 짐꾼들끼리 주고받는 이야기를 들은 양반 나리는 벌써부터 걱정스런 얼굴을 하고

있었다. 그도 그럴 것이 무너미 주막 뒷방에서는 혜음령
에서 내려온 염탐꾼 서넛이 진을 치고 앉아 주인이 물어
다 주는 정보를 빠뜨리지 않고 수집하고 있었던 것이다.
　"말 사십여 마리에 값진 물건들이 그득하고, 양반의
품 속에는 어음쪽이 들어 있으매, 미모가 빼어난 아가씨
가 있고…… 내일 한낮이면 혜음령에 도착할 것이다."
　염탐꾼들은 그날 밤으로 혜음령에 있는 패거리에서 연
락을 취했다.
　비좁은 주막에 많은 사람이 한꺼번에 몰리니 자연 방
이 모자랄 수밖에 없었다. 최오돌과 보옥은 구석방에서
몇 명의 짐꾼들과 함께 자게 되었다. 잠자리가 불편한
것은 당연했다.
　시비의 발단은 여기서 시작되었다.
　"이쁜 계집 꿰차고 다니는 누구는 기분이 삼삼하겠
다."
　짐꾼 하나가 수작을 걸었다.
　"두말 하면 잔소리지."
　옆엣놈이 받았다.
　"이런 밤에 계집맛 보는 놈은 그냥 둘 수 없지."
　누군가 음탕하게 웃었다.
　"계집은 헌계집보다 새계집이 맛이 좋은 법인데……."
　"아무렴, 그렇구말구."
　그들은 최오돌 내외가 잠에 빠졌다고 생각했음인지 멋
대로 지껄였다. 혹 최오돌이 잠에서 깨어 듣게 되더라도
여럿이 함께 있는 자신들에게 감히 덤비지는 못할 것이
라는 자만심도 작용했을 것이다.

그들은 차마 입에 담지 못할 음란스러운 이야기들을 마음껏 떠들어댔다.

　　"예전엔 하룻밤에 네댓 번은 문제도 아니었는데 요즘은 나이를 먹어서 그런가 전혀 힘을 쓰지 못하겠어."

　　아랫목에 누운 보옥이 귀를 틀어막고 있다가 최오돌의 허리를 꼬집었다. 그들이 함부로 찧고 까부는 소리를 못 들은 척 외면하지 말고 한 마디쯤 해서 잠 좀 자게 해달라는 당부였다.

　　"나는 요즘도 두세 번은 확실한데 젠장, 오늘 같은 밤 한번 해봤으면……"

　　"계집 맛중에 으뜸은 유부녀요, 둘째는 기생이요, 셋째는 소실이고, 넷째가 마누라인 법일세."

　　"남의 유부녀와 오입하는 것이 그렇게도 구미가 당기는가?"

　　"가슴이 뛰고 살이 부풀 일이거든."

　　"딴은 그럴 거야."

　　"돈 주고 사는 기생이나 소실 따위에 비하겠나."

　　그 때 짐꾼 하나가 옆에 누운 다른 놈에게 눈짓을 했다. 아랫목의 보옥이 어떻겠느냐는 뜻이었다.

　　그놈은 바튼 재채기를 연거푸 하더니 그만 못 참겠다는 듯이 또 다른 놈을 꼬드겼다. 그리하여 의견의 일치를 본 그들은 짐을 묶었던 밧줄을 풀고 재갈 물릴 수건을 준비했다.

　　그들은 눈을 감고 자는 척하고 있던 최오돌에게 쏜살같이 달려들어 온몸을 꽁꽁 묶었다. 입에는 소리를 지르지 못하도록 재갈을 물렸다. 꼼짝없이 봉변을 당할 처지에 놓인 보옥은 부들부들 떨기만 했다.

최오돌이 옴짝달싹 못하는 것을 보고 짐꾼들은 야단이었다. 누가 먼저 보옥을 차지할 것인가를 놓고 옥신각신하였다. 바튼 재채기를 하던 놈이 입술을 실룩거리며 앞으로 나섰다.

"첫번은 내 차례야."

"무슨 소리. 첫번째 맛은 내가 봐야겠어."

그중 제일 험상궂고 힘깨나 쓸 성싶은 놈이 손을 내저었다.

"이놈들아, 너희는 눈깔도 없냐. 위아래 구분도 할 줄 몰라?"

"오입하는 데도 장유유서를 따진답디까?"

"이러다 아까운 시간만 가니까 그러지 말고 제비를 뽑읍시다."

"그것 참 좋은 방법일세."

그들은 심지뽑기를 하였다. 그 결과 험상궂게 생긴 놈이 일착이었다. 늙은이가 두번째고, 연거푸 재채기를 하던 놈이 세번째고, 나머지 다른 한 놈이 마지막이었다.

"이보게들, 잠시 동안 외면하면서 기다리고 있게나."

험상궂게 생긴 놈이 아랫목으로 내려갔다. 방 한구석에 포박을 당한 채 앉아 있던 최오돌은 무슨 말인가 하려 했으나 재갈을 물린 상태였으므로 아무 말도 할 수 없었다.

아랫목으로 간 사내가 보옥의 허리를 힘차게 끌어안으려는 순간 끄응 하는 소리와 함께 우두둑 소리가 났다. 그와 동시에 최오돌이 입에 물린 재갈을 빼내며 서릿발

같은 호통을 쳤다.

"이놈들아, 아무리 금수보다 못하다고 해도 서방되는 사람을 곁에다 두고 그 아내를 겁탈하는 놈들이 팔도 천지에 또 어디 있단 말이냐!"

불호령과 함께 최오돌의 발길이 허공을 갈랐다. 아랫목에 있던 놈이 그 자리에 맥없이 고꾸라졌다. 나머지 세 놈이 우르르 최오돌에게 달려들었다.

최오돌은 잽싸게 옆으로 비껴서며 주먹을 뻗었다. 번개같은 주먹이 그들의 면상에 작렬했다. 모두들 비명을 내지르며 그 자리에 주저앉았다. 울컥 토해내는 핏속에 이빨 조각들이 묻어나왔다.

한바탕 소란이 이는 통에 다른 방에서 잠자던 사람들까지 몰려 나왔다. 영문도 모르는 그들은 다만 자기 일행이 피를 토하며 쓰러져 있는 것을 보고는 최오돌에게 덤벼들려고 하였다.

"무슨 영문인지 알고나 덤비시오. 수백 명이 한꺼번에 덤빈다고 해도 내 눈썹 하나 까딱하지 않겠지만 그게 순서 아니겠소?"

"그럼 들어봅시다."

"이놈들이 잠자는 나를 결박하고 내 아내를 겁탈하려고 했소."

"그 말이 사실이오?"

"한치의 거짓도 보태지 않았소."

"에이, 고약한 놈들 같으니라구. 당해도 싸지."

모였던 사람들이 하나 둘씩 흩어졌다. 잠시나마 아수라장으로 변했던 주막이 평온을 되찾았다. 안방에서 이 소식을 들은 양반이 버럭 고함을 질렀다.

"어떤 놈들이 버릇없이 한밤중에 소란을 피웠느냐? 그 놈들은 모조리 내 앞에 잡아들이도록 해라."

하인들이 달려와 최오돌 내외와 짐꾼들을 데리고 안방으로 들어갔다. 양반은 먼 길을 오느라 피곤했던 모양으로 게슴츠레하게 눈을 뜨고 주위를 둘러보다가 보옥을 발견하고는 야릇한 미소를 입가에 떠올렸다.

"저 계집은 누구냐?"

"소란을 피운 자의 아낙이올시다."

"소란을 피운 놈들 볼기를 다섯 대씩만 내쳐라."

최오돌은 양반이란 자의 소행이 괘씸하였으나 아무 말 없이 볼기 다섯 대를 맞기로 작정했다.

"저 계집은 어쩔깝쇼?"

"계집은 칠 것 없다."

보옥은 최오돌이 볼기 맞는 것을 차마 바로 보지 못하고 외면을 했다. 양반은 그런 보옥에게서 시선을 떼지 않았다.

볼기를 맞고 나와서 잠을 청하니 좀체로 잠이 오지 않았다. 최오돌은 당장이라도 그 양반이란 자를 요절내고 싶었으나 꾹 참고 견디었다.

만일 그 자리에서 자신이 개성 유수 이강천의 사위라고 밝혔더라면 이런 일은 없었을 것이다. 하지만 송도땅에 도착하기 전까지는 어느 누구에게도 그 사실을 공개하고 싶지 않았다.

이튿날 아침 일찍 양반 일행은 주막을 떠났다. 최오돌 내외는 느지막이 조반을 들고 혜음령을 향했다. 떠날 때 주막의 주인이 묘한 웃음을 지었다.

최오돌은 그 웃음의 의미를 알 수 없었다. 아니, 알려고도 하지 않았다.

최오돌 내외가 혜음령에 도착한 것은 한나절이 훨씬 지나서였다.

"이 영마루엔 도적이 많다지요?"

다리를 절룩거리며 보옥이 물었다.

"그렇다고 들었소."

"무서워서 어쩌지요?"

"내가 옆에 있는데 무슨 걱정이야."

"그래도……."

"호랑이도 때려 잡은 나요. 까짓 도적놈들쯤이야 이 주먹 하나로도 거뜬히 당해낼 자신이 있소."

보옥은 적이 안심이 되는지 해죽 웃어보았다.

한낮이 훨씬 기울어서야 최오돌 내외는 혜음령 마루턱에 당도하였다. 잠시 쉬어가자는 보옥의 말에 앉을 자리를 물색하는데 숲 속에서 두건을 뒤집어쓴 도적들이 저마다 몽둥이를 들고 모습을 드러냈다.

그중 한놈이 이쪽을 바라보더니 소리쳤다.

"저것 봐라. 미인까지 있다."

그들은 돈이나 재물보다도 보옥에게 눈독을 들이고 있음이 분명했다. 그들 중 하나가 휘익 휘파람을 불자 숲 속에서 또 다른 도적의 무리가 쏟아져 나왔다.

사오십 명은 실히 되어 보였는데, 어떤 자는 제법 큰 환도를 잡았고, 어떤 자는 장창을 빗겨들었고, 어떤 자는 쌍칼을 쥐고 있었으나 대부분은 참나무나 물푸레나무를 깎아 만든 몽둥이를 들고 있었다.

"여기를 지나려면 세금을 바쳐야 한다는 것쯤은 알고 있겠지."

그중 우두머리인 듯한 자가 점잖게 입을 열었다. 그 말에 대답을 하지 않고 최오돌은 웃음부터 터뜨렸다.

"이놈이 실성을 했나. 여기가 어딘 줄 알고 함부로 까부느냐."

"네놈의 허파에 바람이 단단히 들어간 모양이로구나."

"그 허파가 어떻게 생겼는지 이 칼로 갈라서 맛을 좀 봐야겠다."

저마다 한 마디씩 떠들었다.

"으하하하하."

최오돌은 또 한번, 이번에는 더 큰 소리로 웃었다.

"이 고개를 넘자면 세금을 톡톡히 바쳐야 된다마는 너의 기상이 가상해서 곱게 보내줄 테니 계집만 남겨두고 그냥 물러가거라."

선심을 쓰듯 우두머리인 듯한 자가 말했다.

최오돌은 어이가 없다는 표정을 지으며 더욱 크게 웃어제꼈다. 보옥은 남편의 힘을 못 믿는 바는 아니지만 상대방의 숫자가 너무 많은 탓에 겁부터 더럭 났다.

"네놈을 당장 요절을 내버리고 싶지만 옆에 있는 계집을 봐서 참겠다."

"누가 할 소릴…… 너희같은 오합지졸들은 천 명이 와도 겁나지 않는다만 내 갈 길이 바쁜지라 못본 척 지나갈 터이니 어서 길을 비켜라."

"뭐? 갈 길이 바쁘니 길을 비켜서라고?"

한 놈이 최오돌의 말을 되뇌이자 너댓 놈이 일시에 몽둥이를 쳐들었다.

"오냐, 너희가 먼저 공격하면 나는 더 바랄 것이 없다."

최오돌이 을러댔다. 공격을 하려던 놈들이 주춤 뒤로 물러섰다.

"저놈을 요절내고 어서 계집을 끌고 오지 못하겠느냐?"

우두머리인 듯한 자가 고함을 질렀다. 몽둥이를 든 너댓 놈이 최오돌을 향해 달려들었다. 그 뒤를 이삼십 명이 따랐다. 몽둥이를 높이 치켜든 놈들이 한꺼번에 최오돌의 정수리를 겨누며 돌진해 왔다.

최오돌은 슬쩍 한쪽으로 머리를 피하면서 한 손에 두 놈씩 몽둥이를 든 놈들의 상투를 거머쥐었다. 양쪽 손에 두 놈씩 네 놈을 치켜들고는 뒤미처 들이닥치는 놈들 중에서 맨 앞에 선 서너 놈을 향해 힘껏 집어던졌다.

치켜들리워 내동댕이 쳐진 놈들과 앞장 섰던 놈들의 머리와 머리가 맞부딪히자 아이쿠, 비명들을 질렀다.

달려오던 도적 가운데 키가 크고 몸집이 비대한, 환도를 잡은 놈이 이 광경을 목도하고는 환도를 땅바닥에 내던지며 그 자리에 엎드렸다. 다른 도적들도 마찬가지로 그 자리에 엎드려 머리를 조아렸다.

"장사를 몰라 뵙고 눈깔 먼 짓을 하였습니다."

"그저 목숨만 살려주신다면 은혜에 보답하겠습니다."

"모르고 한 일들이니 일어들 나시오."

최오돌은 크게 기침을 한번 하고는 마치 두목이 졸개

들에게 명령하듯 말했다.

"죄를 사한다는 말씀이 있기 전에는 일어설 수 없습니다."

"사하고 말고 할 게 뭐가 있겠소."

"그럼 용서하신 걸로 알겠습니다."

맨 먼저 환도를 버렸던 놈이 고개를 들었다. 나머지 도적들도 슬그머니 일어섰다.

"저희는 이 혜음령을 지키며 밥술이나 먹고 사는 탁격 쇠패이옵니다만 장사께선 어디 사는 누구신지 존명이나 알려 주십시오."

"한가촌에 사는 소금 장수 최오돌이라 하오."

"아, 최 장사시군요."

"혹시 탑고개에서 쇠도리깨 도적 박포를 혼내주신 바로 그 최 장사가 아니신지요."

최오돌이 빙그레 미소를 빗자 그중 늙은 도적이 넙죽 절을 했다.

"저희가 눈이 멀어서 장사같은 천하호걸을 진작 알아 뵙지 못했습니다. 이곳에서 얼마 떨어지지 않은 곳에 저희 산채가 있으니 그리로 모시겠습니다. 과히 바쁘지 않으시다면 요기라도 하면서 쉬었다 가시지요."

"성의는 고맙소만 다음 기회로 미루어야겠소. 내자를 데리고 송도로 가는 길이 돼 놔서."

"하오나 최 장사를 저희에게 보냈음은 하늘의 뜻이라 사료됩니다. 아무리 천하장사라 할지라도 하늘의 뜻을 거역하지는 못하실 것입니다."

늙은 도적이 사설처럼 늘어놓았다.

"장사 같으신 분을 저희가 두목으로 받들어 모실 수만 있다면 더없는 영광으로 알고……"

말끝을 흐리자 모두들 손뼉을 치며 환호성을 올렸다. 최오돌은 어이가 없었다.

"그것은 여러분 마음대로 정할 문제가 아니오. 내 지금은 경황이 없어 곤란하니 후일을 기약합시다."

"저희의 작은 정성을 십분 헤아리시어 산채까지만이라도 잠시 드시지요."

도적들의 간곡한 부탁에 최오돌도 어쩔 수 없이 승락을 했다.

늙은 도적이 인도하는대로 산정을 걸었다. 하늘을 찌를 듯 치솟은 나무들이 빽빽하게 들어찬 숲 사이로 한 사람이 겨우 지나다닐 수 있는 길이 나 있었다.

늙은 도적이 앞장 서서 그 길로 걸어갔다. 최오돌 내외가 그 뒤를 따랐다. 울창한 숲길을 따라 한식경 가량 걸었을까, 딸랑딸랑 방울 소리가 울렸다.

"이제 곧 저희들의 산채입니다. 보통 모시는 분이라면 이곳에서부터 눈가림을 하게 되지요."

그곳에서 한참을 더 오르자 갑자기 시야가 훤하게 트이며 넓은 평지가 나타났다. 어느새 연락을 받았는지 두목 탁꺽쇠가 입구까지 마중나와 있었다.

"저길 좀 보세요."

최오돌과 탁꺽쇠가 서로 수인사를 나누는데 보옥이 불에 댄듯 화들짝 놀라며 소리를 질렀다.

보옥이 가리키는 곳을 보니 수십여 명의 짐꾼들이 수건으로 눈가림을 당하고 결박이 지워진 채 끌려와 있었다. 엊저녁 주막에서 행패를 부리던 양반 일행이 분명했다.

"참 인연도 묘하지."

최오돌이 혼잣말로 중얼거렸다.

"거 무슨 말씀이오?"

옆에서 듣고 있는 탁꺽쇠가 물었다.

"나중에 설명해 드리리다."

최오돌은 뒷짐을 지며 큰 누각이 올려다보이는 곳으로 어슬렁어슬렁 발길을 옮겼다. 거기에는 스무여 채쯤 되는 집들이 모여 있었다. 민가보다도 잘 정돈되고 아름답게 꾸며진 집들이었다. 이런 산정에 어떻게 저토록 드넓은 평지를 만들었을까 실로 놀랍기만 했다.

"제법 배포가 크시구려."

"뭘요, 변변치 못합니다. 장사같으신 분만 모실 수 있다면 한번 고함을 쳐봐도 좋을 듯싶소만……"

"그런 소릴랑 그만 둡시다."

열두 칸 대청으로 안내된 최오돌은 한사코 가운데 호피 의자에 앉기를 사양하였다.

"마음이 불편해서 그러오."

"별말씀을 다 하시오."

잠시 후 주안상이 나왔는데 이 산꼭대기에서는 구하기 힘든 산해진미로 가득했다. 나랏님만 드신다는 용봉탕까지 있었다.

"이거 수라상이 부럽지 않구려."

"과찬이시오. 급히 준비하느라 차린 것도 별로 없는데."

"이 소반만 해도 나같은 장사꾼은 구경조차 힘든 물건이오."

"감홍로올시다, 한잔 드시지요."

"이 산중에 웬 감홍로요?"

"아까 낮에 양반 일행이 가지고 가던 것을 빼앗았지요."

"그것 참 맛이 기막히구려."

"이 산 속에선 보기 드문 술이죠."

"식구들은 몇이나 되오?"

"백여 명 됩니다."

"그렇게까진 안 되어 보이던데."

"다른 곳으로 벌이 나간 식구들이 사오십 명 정도 되지요."

"그래, 벌이는 괜찮소?"

"요즘은 시원찮습니다. 그래서 식구들이 무척 고생하고 있지요. 타처로 원정까지 가는 이유도 벌이가 여의치 않아서 그런 거지요."

"벌이가 좋을 땐 얼마나 됩니까?"

"오늘 같은 날이야 기막힌 벌이를 했죠. 무려 사십 마리나 되는 말을 이끌고 고개를 넘는 양반 일행을 털었는데 그 속에서 별의별 것이 다 나왔답니다."

"오늘은 신바람이 났겠소."

"여부가 있습니까. 매일 오늘만 같으면 식구들이 고생스럽게 다른 곳으로 벌이를 나갈 일도 없죠."

"대체 어디로 벌이를 떠나는 거요."

"대중없습니다만 송도까지 나가기도 하죠. 요새는 워

낙 기찰이 심해서 그저 뜨내기와 외딴 마을의 넉넉한 집을 골라 털고 있지요."

"식구들은 언제 나갔다가 언제 돌아옵니까?"

"한 사나흘 떠나 있게 되는데 어떤 경우엔 일주일씩 못 돌아오기도 합니다."

"빈 손으로 오는 경우도 있나요?"

"그럴 경우 벌칙을 가하지요."

"벌칙이라면?"

"대개 중노동을 하게 됩니다. 뒷간을 치우거나 나무를 해오거나 하는 따위의 일들이죠."

"별로 어렵지도 않은 일이군요."

"아주 게으른 놈들에겐 따로 법칙을 마련해 놓고 있습니다."

"하면……?"

"질이 나쁜 놈은 효수하고."

"효수?"

"머리를 잘라 다른 사람에게 본보기로 삼는 것이지요."

"다음은……?"

"유배입니다. 귀양을 보내는 거지요."

"어디로?"

"곧 출당을 의미합니다."

"그렇군요."

"낮에 잡아온 놈들은 어떻게 처리하실 생각입니까."

"후환을 만들 소지가 있는 싹은 아예 잘라 버리는 편이 좋지요. 살려 보냈댔자 소문만 사납게 날 것이 분명

하고……."

"죽여 버릴 작정이십니까?"

"잠자코 구경만 하시오."

"망나니가 칼로 목을 내리쳐서 죽이지요."

"얼굴에 횟박도 칠하나요?"

"여부가 있습니까."

"제법 격식은 다 갖추는 것 같습니다그려."

"장사 같으신 분이 한 분만 계셔도 군기가 좀더 엄정하겠습니다만."

"어허, 왜 자꾸 그러십니까?"

"이건 진심에서 하는 소립니다."

"그러지 말고 술이나 듭시다."

한동안 조용하던 산채가 갑자기 술렁이기 시작했다. 산채 식구들이 분주하게 움직였다. 이제 정말로 사형을 집행하는 식이 거행될 모양이었다.

최오돌은 잠시 후면 눈앞에서 펼쳐질 소름끼치는 살육 장면을 상상하며 짜릿한 전율을 느꼈다.

"전에도 더러 이런 일이 있었습니까?"

"이 길로 들어선 사람에겐 생소한 일이 아니죠."

"물건만 빼앗고 보내면 될 것을 죽이기까지야……"

"행인이 한두 사람만 같으면 또 모를까, 그냥 돌려보내면 뒤끝이 좋지 않습니다. 틀림없이 보복을 하려 들겝니다."

"그렇다고 저 많은 사람을 모조리……?"

"괜찮은 구경거리가 될 거요."

취타 소리가 요란하게 울리자 눈을 가리웠던 사람들의

눈가리개를 모두 벗겼다.

그들은 대개가 겁에 질려 와들와들 떨고 있었다. 자세히 살펴보니 엊저녁에 주막에서 패악질을 부리던 놈들도 그 속에 꿇어앉아 있었다.

"으하하하."

갑작스런 웃음 소리에 그들이 일제히 머리를 들어 누가 쪽을 바라보다가 최오돌 내외를 발견하고는 잠시 멈칫거렸다.

저희는 모조리 오라를 지워 꿇어앉았는데 최오돌 내외만은 칙사 대접을 받고 있음에 사뭇 놀란 표정들이었다.

이들 일행을 이끌던 양반은 바로 박 참의였다. 그 형이 황해 감사여서 왔던 길에 한양의 세도가들에게 바칠 황해도의 특산품들을 싸들고 가던 길이었다.

박 참의도 오라를 지워 큰 나무에 칭칭 동여매어 있었다. 나이 오십이 넘었을까 말까 한 위인이었는데 아까 영마루에서 초다듬이질을 당해선지 얼굴이 피투성이였다. 의관과 의복도 함부로 찢기운 채 엉망이었다.

"한 놈씩 불러들여 계단 밑에 꿇리고 심문을 하도록 해라."

탁꺽쇠가 크게 고함을 질러 영을 내렸다. 졸개가 달려들어 결박지운 놈을 하나 끌고 오는데 가만 보니 엊저녁에 제일 먼저 계집 타령을 늘어놓던 자였다.

최오돌은 문득 괘씸한 생각이 치밀었다.

"탁 두목, 저놈은 내가 심문하도록 해주시오."

"마음대로 하시오."

"이놈, 머리를 들어 나를 보아라. 아직도 계집 타령이

나 늘어놓겠느냐!"

최오돌이 계단 밑에 꿇어앉은 자를 내려다보며 큰 소리로 엄포를 놓았다.

"쉰네가 눈이 삐어서 장사를 몰라 뵙고 죽을 죄를 지었습니다. 목숨만 살려 주십시오."

"저승에 가서 계집 구경 계집 맛이나 실컷 보거라."

최오돌이 개탄하듯 내뱉었다. 졸개가 그놈의 덜미를 잡아챘다.

"그놈을 끌어다가 여러 놈 보는 데서 요절을 내라."

탁꺽쇠가 다시 명령을 내렸다. 그자는 사시나무 떨 듯 떨기만 할 뿐 아무 말도 하지 못했다. 끌려 나간 그자의 얼굴에 온통 횟박이 칠해졌다.

둥둥둥 북 소리가 울리자 회자수가 춤을 추기 시작했다.

"하고 싶은 말은 없느냐?"

"장사님께 부디 여쭤서 목숨만 살려 주십시오."

또 한번 애원을 했다. 회자수가 술 한 사발을 그자의 입에 갖다댔다. 이제는 끝이라는 생각이 들었는지 벌컥벌컥 술을 받아 마셨다. 술을 다 마시고 나자 망나니가 칼을 높이 쳐들었다. 눈알을 희번뜩이며 목을 내리쳤다. 선연한 핏줄기를 내뿜으며 머리가 땅바닥에 떨어져 데구르르 굴렀다.

이 광경을 바라보던 이들의 얼굴이 백지장처럼 변했다. 박 참의도 눈을 질끈 감으며 몸서리를 쳤다.

"다음 놈을 잡아들여라."

명령이 떨어지기가 무섭게 다른 놈이 끌려 왔다.

"이놈, 네 죄를 네가 알겠느냐?"

탁꺽쇠가 호령을 하자 그자는 겁에 질려 아무 말도 못했다.

"양반놈의 권세를 등에 얹고 못된 짓을 얼마나 저질렀느냐?"

사색이 된 그자는 이빨을 딱딱 부딪치면서 눈물까지 떨구었다.

"저놈도 빨리 해치워 버려라."

졸개가 달려들어 목덜미를 잡아 끌자 그자는 끌려가지 않으려고 발버둥을 쳤다. 조금 전과는 딴판이었다. 다른 졸개까지 합세해 들어내려고 하자 안간힘을 쓰면서 겨우 입술을 달싹였다.

"제발 살려……."

하지만 그 다음 말끝을 잇지는 못하였다.

두 개의 목이 눈앞에서 잘리우는 것을 보고 양반인 박 참의가 발악하듯 소리를 질렀다.

"내 목을 먼저 잘라 죄를 속죄할 테니 이 사람들 목숨만을 살려 주시오."

"제법인데요."

"제법이긴 한데, 글쎄."

최오돌과 탁꺽쇠가 주고받았다.

"최 장사, 저 자를 어찌하면 좋겠소?"

"아랫사람을 생각하는 마음이 가상킨 하외다."

"그 양반이란 자를 이리 불러라."

졸개가 형편없는 몰골을 한 박 참의를 끌고 왔다.

"이놈, 양반임을 빙자해서 무고한 백성들을 얼마나 괴

롭혔느냐!"

"하늘에 맹세컨대 못된 일을 한 적이 없소."

"그렇다면 저 봉물짐들은 모두 어디서 난 것이냐?"

"형님께서 황해도 토산물을 한양으로 보내는 것이오."

"황해도 토산물이라, 그것은 누구에게서 나왔을꼬!"

"백성들에게서 거두긴 했지만 강탈한 것은 아니오."

"이놈아, 황해 감사인 네 형놈이 백성들에게 돈을 주고 저 물건들을 샀겠느냐!"

"……."

"왜 갑자기 꿀먹은 벙어리가 됐느냐. 나랏님께서 네 형놈을 황해 감사 시킬 적에 이런 토색질을 해서 한양의 고관 대작들에게 봉물까지 진상하라고 했다더냐?"

"그렇지는 않았을 줄 아오."

"몇 년째 흉년이 들어 백성들은 도탄에 빠져 신음하고 있는데 감사란 놈은 이처럼 토색질만 일삼고 있으니 너희 일족은 능지처참을 당해 마땅하다. 위로는 나랏님을 기만하고, 아래로는 살 길이 아득한 백성들의 고혈을 쥐어짰으니 그 죄를 씻지 못할 것이다. 너는 비록 죄가 없다 하나 네 형놈을 대신해 망나니의 칼 아래 모가지를 늘려라."

"한번만 용서해 주시오."

"용서는 저승 가서 염라대왕 앞에서나 청하여라."

"황해 감사 형님께 충간하여 다시는 이런 일이 없도록 하겠소."

"정녕 그럴 수 있단 말이지?"

"물론이오."

"저 더러운 놈을 당장 끌어다 치워 버려라."

"목숨만 살려 주시오."

"어서 끌어내지 못할까!"

"물건을 빼앗았으면 됐지, 왜 인명까지 해하려 드느냐, 이 살인마들아!"

순간 박 참의는 사태를 직감하고 발악을 했다.

"저놈에겐 술도 먹이지 말고 목을 쳐라."

개처럼 끌려가는 박 참의의 등 뒤에다 대고 탁꺽쇠가 소리쳤다.

"이제 남은 놈들은 한꺼번에 해치우도록 해라."

이번엔 산채 식구들 모두가 나서서 일사불란하게 움직였다. 그것은 처형이 아니라 도살이었다. 마치 도살장에서 가축들을 도살하듯 무자비하게 목을 베어나갔다.

본시 인간에겐 이렇듯 잔혹한 면이 있었던가 싶을 정도였다. 죄가 있고 없고 간에 모두 망나니의 칼 아래 피를 뿜으며 쓰러졌다.

피 비린내가 온 산채에 진동을 했다.

"저 많은 시신들을 어떻게 치우지요?"

최오돌이 물었다.

"저 너머에 묘지가 있습니다. 묘패까지 써서 모두 묻어 주지요."

"죽일 때와는 전혀 딴판입니다그려."

"죽은 후에야 무슨 죄가 있습니까."

"그럴 듯하군요."

"오늘 밤은 이곳에서 주무시고 내일 떠나도록 하시지요."

"날도 저물었으니 그럼 하룻밤 신세를 지겠습니다."

혜음령 산채에서의 하루는 그야말로 색다른 경험의 연속이었다. 그렇듯 많은 시신을 보는 것도 처음이요, 도에 지나칠 정도로 과분한 칙사 대접을 받아 보기도 이번이 처음이었다.

이튿날 아침 일찍 최오돌 내외가 떠날 채비를 서두르는데 탁격쇠가 소반에 누런 황금 한 관을 싸서 내놓았다.

"장사께서 이곳에 오래도록 머무르실 수 없음이 못내 아쉬울 뿐이오. 꼭 떠나야 한다니 후일을 기약하기로 하고 내 작은 정성이나마 정표로 받아 주시오."

최오돌이 몇 번이고 사양하였으나 탁격쇠의 강권에 못이겨 받아 넣을 수밖에 없었다.

"후일 인연이 닿으면 반드시 찾아오겠소."

"언제고 기다리고 있을 테니 꼭 오시오."

산채 식구들과 일일이 작별 인사를 나눈 다음 최오돌 내외는 혜음령을 떠나 송도로 향했다.

한나절을 더 걸어 송도길로 접어들었을 때였다. 금도군관의 모습이 자주 눈에 띄었다. 길 곳곳에는 포졸들이 깔려 있었다. 그들은 무엇엔가 쫓기듯 허둥대고 있었다.

"무슨 일 났소?"

포졸 하나를 붙들고 물으니, 혜음령 도적 떼에게 끌려갔던 박 참의의 짐꾼 중에서 한 놈이 용케 빠져 나와 변을 고하는 바람에 송도 부중이 발칵 뒤집혔다는 것이었다.

"말도 마시오. 가까운 기일 내에 혜음령 도적 떼를 잡아들이지 못하면 대신 우리 모가지라도 내놓으라고 난리오."

경기 감영은 물론이고 조정에까지 적변을 장계할 정도로 부중은 어수선한 분위기였다.

최오돌 내외는 잔뜩 긴장하며 부중으로 들어갔다. 죽었던 딸이 살아 돌아왔다는 보고를 접한 이강천은 맨발로 달려나와 보옥을 얼싸안고 눈물을 흘렸다.

그러나 보옥에게서 그간의 사정 얘기를 전해 듣자 단번에 안색이 바뀌더니 버럭 소리를 질렀다.

"가문에 먹칠을 해도 유분수지, 그러고도 목숨을 부지할 욕심이 생기더란 말이냐!"

"어머님 원수를 갚았을 뿐 아니라 제게는 생명의 은인입니다. 상놈이면 어떻고 양반이면 어떻습니까."

"네가 진정 그것을 몰라서 하는 소리더냐."

"하오나, 아버님."

"듣기 싫다. 썩 물러가거라."

"너무 하십니다."

"냉큼 물러가라는데 뭘 꾸물거리느냐!"

이강천은 매몰차게 보옥을 내몰았다. 최오돌에겐 접견조차 허락하지 않았다.

"부인의 원수를 갚아준 은인에 대한 보답이 고작 이거란 말이오?"

최오돌이 서럽게 우는 보옥의 등을 두드리며 분통을 터뜨리는데 사령들이 들이닥쳤다.

목덜미를 낚아챈 그들에 의해 졸지에 밖으로 쫓겨난 최오돌 내외는 갈 곳이 없었다. 어두운 골목길을 방황하고 있자니 맞은편 모퉁이에서 순라꾼인 듯한 자들이 쏟아져 나왔다.

두 놈이 방망이를 휘두르며 최오돌에게 덤벼드는 사이 두 놈은 보옥을 들쳐 업고 도망치려 하였다. 최오돌은 뒷걸음질치는 체하다가 허공으로 몸을 솟구쳤다. 발길질 한 방에 두 놈이 그 자리에 쭉 뻗었다. 다시 두 놈을 쫓아가 땅바닥에 패대기쳤다.

놀란 보옥이 어디로든지 빨리 숨자고 하여 어느 으슥한 주막집으로 기어들었다.

"이제 어디로 가지요?"

주막에서 뜬눈으로 밤을 지새며 보옥이 물었다.

"한가촌으로 돌아갑시다."

"허나 형님들과 한집에서 사는 건 싫습니다."

"염려 마시오. 여기 황금 한 관이 있으니 돌아가는 대로 집을 마련토록 하겠소."

최오돌 내외는 다시 혜음령을 넘어 한가촌으로 돌아왔다.

두 과부가 이들을 반겨 맞아 주었다. 아무도 보옥이 개성 유수의 딸이었다는 사실을 아는 사람은 없었다. 그냥 최오돌의 아리따운 셋째 마누라로 사람들의 기억 속에 남아 있었다.

네번째 아내

세월이란 흐르는 강물과 같아서 한번 흘러가면 다시는 돌아오지 않는 법이다.

최오돌이 한가촌에서 세 여인과 살림을 차린 지도 어언 일 년이 지났다. 처음 얼마 동안은 그럭저럭 지냈지만 세 여인을 먹여 살리려니 여간 힘든 것이 아니었다.

혜음령 식구들한테 가서 손을 벌리면 거절하지는 못할 터이지만 입당도 하지 않은 처지에 구차하게 그럴 수도 없는 노릇이었다.

겨울이면 투전판을 기웃거리기도 하였으나 기운이 장사라고 투전까지 잘 하라는 법은 없는 것이었다. 배운 게 도적질이라고 다시 소금 장사를 하기로 작정한 최오돌은 날이 풀리기를 기다려 소금 가마니를 걸머지고 집을 나섰다. 이 마을 저 마을 떠돌아다니며 소금을 팔았다. 여러 날을 그렇게 떠돌아 다니다가 여주 땅까지 왔다. 경기도 땅치고 최오돌의 발길이 닿지 않은 곳이 없었지만, 특히 여주 땅은 여러 번 다녀간 일이 있어 친숙한 고장이었다.

여주 읍내에는 안 동지라는 양반이 살고 있었다.

최오돌이 주막에서 막걸리를 몇 사발 걸치고 나오다가 마침 시집 가는 조카딸 때문에 안 동지의 집에 들르러 가는 형 내외를 만났다.

"예서 오동리가 몇 리나 됩니까?"

"한 십리 좋이 되오만. 오동리까지 가는 길이오?"

"그렇소."

"걸머진 게 뭐요?"

"소금이오."

"우리도 소금을 놔야 하는데 어쩌나."

"댁이 오동리면 가는 길에 두고 가지요."

"그만 두시오. 우리 집은 외따로 떨어져 있는데다가 딸애 혼자 있으니까."

안 동지의 형이 오만상을 찌푸리며 말했다.

"그래도 소금이 다 떨어졌는데……"

"안 된다면 안 되는 줄 알지 여편네가 왜 그렇게 말이 많어!"

남편의 핀잔에 아내는 입술을 삐죽거렸다. 최오돌은 속으로 생각하였다.

'집을 혼자 지킬 정도라면 필시 과년한 계집일텐데……'

워낙 정력이 좋은 그인지라 떠난지 며칠 지나지 않았는데도 계집 생각이 간절하던 차에 이게 웬 횡재냐 싶었다. 무거운 소금짐을 지었음에도 불구하고 최오돌의 발걸음은 나는 듯했다.

열 계집 마다 하는 사내 없다더니 계집이라면 이렇듯 무거운 짐보따리도 새털처럼 가벼워지는 것인가.

"주둥이를 그 따위로 함부로 놀리다간 딸년 신세 망치고야 말걸."

"신세 좋아하시네. 옥매가 어디 한두 살 먹은 애유."

"다 큰 계집애니까 하는 말 아니오."

"별소릴 다하네."

입씨름을 하면서 안 동지의 형 내외가 저만큼 멀어졌다.

노을이 지고 있었다. 최오돌은 후끈 몸이 달았다. 오늘밤 신방을 꾸밀 달콤한 환상에 젖어 걸음을 재촉했다. 들뜬 마음으로 한참을 앞으로 나아가니 큰 산이 앞을 가로막았다.

그 턱 아래 집들이 옹기종기 모여 있었다. 아마도 오동리인 모양이었다. 거기서 약간 돌아간 산허리쯤에 기와집 한 채가 눈에 들어왔다.

'바로 저 집이로군.'

최오돌은 뛰는 가슴을 누르며 옥매가 사는 외딴집 문을 두드렸다.

"누구 없소!"

밖에서 소리를 지르니 안에서 개 한 마리가 요란스럽게 짖으며 달려나왔다.

최오돌이 서너 번 발길로 내지르니 삽작문 안으로 도망치면서 더욱 요란스럽게 짖어댔다.

"아무도 없소?"

다시 최오돌이 안에다 대고 소리쳤다.

"없어요."

방문이 빼꼼 열리며 여자의 고운 목소리가 흘러나왔다.

"없다는 사람은 누구요?"

"정말 아무도 없어요."

"당신은 누구냔 말요?"

최오돌이 삽작문을 밀치며 안으로 들어갔다.

"소금 안 사요."

옥매가 문틈으로 얼굴을 내밀었다.

"소금보다 이 집을 뒤져봐야겠다."

최오돌이 험상궂은 얼굴로 바라보니 옥매는 겁에 질린 표정으로 와들와들 떨었다. 소금 장사를 가장하고 들어온 도적이라고 생각한 듯했다.

"가져갈 것이라고는 아무것도 없어요."

"흥, 알게 뭐냐."

"맘대로 뒤지세요."

최오돌은 안방에서부터 부엌까지 샅샅이 뒤졌으나 값나가는 물건을 하나도 눈에 띄지 않았다.

"정말 아무것도 없군."

"제가 뭐랬어요. 없다잖았어요."

"아니, 딱 한 가지 있기는 한데……"

"그게 뭔데요?"

"바로 옥매지, 흐흐흐……"

"예……?"

옥매가 놀라 눈을 크게 떴다. 최오돌은 옥매의 어깨를 끌어안았다.

"이 집에서 제일 값나가는 것이 네가 아니고 무엇이겠느냐. 금은보화를 준들 너와 바꿀 수 있겠느냐."

최오돌이 슬금슬금 어깨를 어루만지자 옥매가 진저리를 쳤다.

"나는 본시 송도 사람으로 비록 소금 장사는 할 망정 힘이 천하장사다. 너는 내 소문을 듣지 못하겠지만 지난해에 청석골의 쇠도리깨 도적을 때려 잡은 것도 나요, 한가촌에서 곰과 호랑일 잡은 것도 나란다."

"흥, 누가 그런 소릴 하면 곧이들을 줄 알고. 장사란 게 흉물스럽긴…… 어디서 남의 이름이나 알아가지고 와선."

"네 이름은 어머니께서 직접 일러 주셨다. 소금 팔러 이리로 올 제 주막 부근에서 만났는데 소금을 두고 가라고 신신당부하시더라. 그뿐이냐, 우리 옥매가 혼자 있으니 밤에 도적놈이 오더라도 좀 지켜주라고 몇 번씩이나 부탁하시더라."

"소금을 놓고 가라 했으면 소금이나 놓고 갈 것이지 웬 수작질이야."

"너무 그렇게 비싸게 굴지 마라."

"비싸기야 내가 비싼가, 가지 않는 사람이 비싸지."

옥매가 제법 말을 받아칠 때 벌써 어둠이 사방으로 몰려들었다. 갑자기 밖이 어수선해지더니 고함 소리가 들려 왔다.

"이놈아, 이리 나오너라!"

"어떤 놈이냐?"

"처녀 강탈이나 하러 다니는 놈 다리 몽둥이를 부러뜨려 놓을 테니 썩 나오너라."

최오돌이 방문을 박차고 나가니 나뭇꾼 차림의 장정들이 저마다 몽둥이를 들고 서 있었다.

그중에는 옥매를 짝사랑하는 김풍헌의 막내아들도 끼어 있었다. 아마도 처녀 혼자 있는 집에 낯선 사내가 들어가는 것을 보고 달려온 모양이었다.

"너희 같은 것들은 한두 놈씩 덤비면 성가시니 한꺼번에 덤벼라."

"하룻강아지 범 무서운 줄 모른다더니."

나뭇꾼들이 몽둥이를 들어 일시에 최오돌을 내리쳤다.

옥매네 집 마당은 아수라장으로 변했다. 옥매는 방문 뒤에 숨어서 이 광경을 지켜보고 있었다. 날아온 몽둥이는 최오돌의 어깨며 허리를 사정없이 강타했다.

김풍헌의 막내아들이 휘두른 몽둥이는 뒷통수를 갈겼다. 그러나 최오돌은 끄덕도 하지 않고 오히려 달려드는 놈들을 한 손에 하나씩 붙잡아서는 사람을 몽둥이삼아 휘둘렀다.

사람이 사람에게 얻어맞아 어이쿠, 비명을 지르며 나가 떨어졌다. 한 놈씩 붙잡히는 대로 땅바닥에 메다꽂으니 걸음아 나 살려라, 하고 줄행랑을 치기 바빴다.

땀을 문지르며 방으로 돌아오니 옥매가 보이지 않았다. 그녀는 어느새 저녁을 짓고 있는 중이었다. 마치 갓 혼례를 치른 부부의 모습이었다. 옥매는 밥을 짓고 최오돌은 안방에 누워 있고, 어느새 마음과 마음이 통한 것 같았다.

"조밥이지만 드세요."

옥매의 말투는 부드럽게 변해 있었다.

"아무거면 대수요. 한바탕 씨름을 하였더니 출출하구먼."

"도적놈 잡았다는 얘길 거짓으로 알았더니 참말이더군요."

"싸우는 걸 보았나?"

"보구말구요."

"어떻든가?"

"장정들을 공기돌 놀 듯 할제 손뼉이라도 치고 싶었어요."

밥을 먹고 나니 마침 휘영청 밝은 달빛이 창호지 위에 내려앉았다.

"그만 잘까?"

"안 가고 치근덕거리더니 그예……"

"그예 어쨌단 말인가?"

"몰라요."

"쏘아대는 품이 더 묘미가 있네."

"부모님이 오시면 어떡해요."

"부모님 오시기 전에 우리 살 곳으로 가야지."

"나는 못 떠나요."

"못 떠나는 사람 억지로 끌구 갈까 봐."

달빛이 방안에서 물결처럼 일렁였다. 달빛 아래 드러

난 처녀의 몸매는 더욱 싱싱하고 탐스러워 보였다.

최오돌은 와락 옥매를 끌어안으며 자리에 들었다. 한참 있다가 촛불을 끄는 것은 오히려 옥매였다.

"달빛이 휘황한데 촛불은 소용없지요?"

"아무렴."

"능글맞긴……"

"누가? 내가? 쫓는 체하고 은근슬쩍 잡아당긴 게 누군데."

"미친 소리 하덜 마세요."

"이래도 미친 소리야?"

최오돌이 여자의 가장 은밀한 부분을 뒤흔드니 옥매가 그만 상을 찡그렸다.

"아파요."

옥매가 최오돌의 가슴팍에 얼굴을 묻었다.

최오돌은 살며시 옥매의 아랫입술을 자신의 입 속으로 빨아당겼다. 옥매의 입술이 꽃잎처럼 떨렸다. 열려진 입술 사이로 뜨거운 한숨이 새어나왔다.

최오돌은 목덜미를 지나 가슴께로 입술을 굴려갔다. 한없이 매끄러운 살결이었다. 두 개의 젖봉우리에 입술이 닿자 옥매는 들릴락말락한 가벼운 신음을 토했다.

최오돌은 더욱 허리를 굽혀 옥매의 아랫배 쪽으로 입술을 가져갔다. 옥매는 부끄러운 듯 두 손으로 젖무덤을 감싸며 몸을 꼬았다.

그녀는 온몸을 떨고 있었다. 최오돌은 옥매의 허리를 끌어안았다. 옥매는 가슴에 파묻힌 최오돌의 머리를 두 팔로 안았다. 최오돌은 목 밑까지 화끈거려 도저히 참을 수 없는 기분이 되었다. 그는 터질 듯이 부푼 남성의 힘으로 여자의 비문을 열려고 하였다.

"앗!"

옥매가 비명을 질렀다. 최오돌은 두 손으로 옥매의 다리를 찍어 눌렀다. 옥매의 허벅지가 양쪽으로 벌어졌다.

최오돌은 열려진 입술 사이로 보이는 그녀의 촉촉한 혓바닥을 부드럽게 빨아당겼다. 꿀맛처럼 달콤했다.

최오돌은 탐스럽게 펼쳐진 허벅지 사이를 거칠게 파고들었다. 옥매는 얼굴을 찡그리며 몸을 비틀었다.

"아, 아파요……"

옥매는 고통을 참기가 어려운 듯 양팔을 뻗어 베갯잇을 쥐어뜯었다.

"아아……"

옥매의 신음 소리와 최오돌이 몰아쉬는 숨 소리가 방 안을 어지럽혔다. 그들은 저렇게 한참을 엉키어 뒹굴었다. 이부자리 위를 몇 번이나 뒹군 끝에 그들은 어렵게 결합할 수 있었다.

옥매의 얼굴은 충격과 고통으로 일그러졌다.

"엄마……"

옥매는 터져나오는 신음을 억제할 수가 없는 것 같았다. 결합한 후 그들은 서로의 몸 위를 정신없이 달렸다. 그렇게 오랜 시간을 흘려 보냈다.

"새벽 달을 밟으며 길을 가세나."

"부모님 생각나면 어쩌지요?"

"젖 먹을 나인 지났잖은가."

이리하여 최오돌은 네번째 아내를 데리고 한가촌으로

돌아왔다.

　계집이 넷씩이나 되니 소금 장사를 해서는 도저히 먹고 살 수가 없었다.

　어느 날 밤, 최오돌과 네 아내는 한가촌에서 종적을 감추었다. 그들이 혜음령 패거리가 되었다는 소문이 마을 사람들 입에 오르내리기 시작한 것은 그로부터 달포쯤 지난 뒤였다.

청석골로

박 참의 일행을 도륙한 뒤, 언제 쳐들어올지 모를 관
군의 내습에 전전긍긍하면서도 최오돌 내외를 맞이하여
혜음령 산채에서는 연사흘에 걸쳐 잔치가 벌어졌다. 사
흘 밤 사흘 낮 동안 술과 떡과 과일이 끊일 줄 몰랐다.

탁꺽쇠는 진심으로 최오돌 내외를 환영하였다.

"일전에 다녀가신 후로 밤낮없이 장사의 안부를 걱정
했는데 이렇게 찾아와 주니 꿈만 같소."

"진작 찾아온다는 게 이렇게 늦었습니다."

"이제라도 오셨으니 됐소."

"그 동안 늘 이곳 생각은 하고 있었지만 어디 세상 일
이 뜻대로 돼야 말이지요."

"우리 함께 산채의 앞날에 대해 상론해 봅시다."

사흘 동안의 잔치가 끝난 다음 날 아침, 탁격쇠는 산채 식구들을 광장에 모이도록 했다. 사열 종대로 백여 명이 늘어서니 제법 군용이 잡힌 듯했다.

　　중앙의 단 위에는 호피 교의가 놓여 있었는데 탁격쇠가 최오돌을 인도하여 그곳에 앉혔다.

　　탁격쇠는 엄숙한 표정으로 산채 식구들을 내려다보다가 무겁게 입을 열었다.

　　"오늘 우리 산채에 두목 한 분을 모시기로 하였소. 여러분도 잘 알고 있는 최오돌 장사요. 장사에 대해선 구구한 설명이 필요없을 줄 아오. 나같이 변변치 못한 사람이 우리 산채의 두목으로 있음으로 해서 아직 빛을 보지 못했는데 오늘 최 장사를 모시게 됨으로써 크게 융성하리라 믿는 바이오. 이는 우리 산채 식구 모두의 영광이 아닐 수 없소. 그럼 새로 오신 두목께 군례를 드리기로 하겠소."

　　탁격쇠는 목소리를 가다듬어 두목께 군례! 하고 외쳤다.

　　졸개들이 일시에 최오돌을 향해 허리를 굽혔다. 최오돌은 호피 교의에서 일어나 군례를 받았다. 그 때 혜음령 요소요소에 매복해 있던 염탐꾼들이 황망히 달려왔다.

　　"지금 황해 감영의 관군들과 송도 부중의 관군들이 합세하여 혜음령을 완전히 포위했습니다."

　　며칠 전부터 관군의 염탐꾼들이 하나 둘 혜음령 부근에 출몰하기는 하였지만 이렇듯 빨리 온 산을 포위하리라고는 전혀 예상치 못했다.

"그렇다면 큰일 아니오. 이 일을 어쩌면 좋겠소."

"모두들 대청으로 모이라 하시오."

최오돌과 탁꺽쇠를 비롯한 참모들이 한자리에 모였다.

"우리가 사는 길은 포위망을 돌파하는 도리밖엔 없는데, 황해 관군 쪽은 감사의 죽은 동생 원한을 풀기 위해서라도 발악을 하며 싸움을 걸어올 터이니 피하는 게 좋겠소. 대신 북쪽 산맥을 타고 올라오는 송도 관군의 한쪽 옆구리를 뚫고 북으로 도망하는 것이 어떨까 싶은데."

"제 의견도 그렇습니다."

"관군 병력은 적게 잡아도 오백 명은 넘을 텐데 백여 명밖에 안되는 우리로서는 중과부적입니다. 오직 활로는 북으로 도망하는 길밖에 없습니다."

"북으로 간다면 어디가 좋겠소?"

"마땅한 곳이 한 군데 있기는 하지만 우리 식구가 너무 많아서 받아 줄는지가 의문이오."

"거기가 어딘가요?"

"청석골이오."

"그야 두목께서 가시면 어련히 안 되겠습니까."

"어찌 되겠죠."

"그보다 싸움이 벌어지기 전에 안식구들을 먼저 치송해야겠는데 야단입니다."

"북쪽으로 초로야 있겠지."

"초로뿐만 아니라 간도로 몇 개 있습니다."

"그렇다면 잘 되었소. 아녀자와 어린애들을 먼저 그리로 해서 청석골로 보내는 게 좋겠소."

"허면 두목께서 무슨 표신이라도 하나 써주십시오."

"일자 무식인 내가 어떻게. 누구 글 아는 아이 없소?"

"있습니다."

탁껵쇠는 졸개에게 김지천을 불러 오라고 일렀다.

"소인 김지천이 대령이오."

"청석골에 있는 서림 책사와 기돌쇠, 박포 등에게 혜음령 두목 최오돌이가 난을 피하여 내행을 먼저 치송한다고 써라."

김지천이 그대로 받아쓴 표신을 들고 졸개 십여 명이 아녀자와 어린애들을 이끌고 청석골로 떠나갔다.

일행이 떠난지 또 한 사람의 급한 보발이 들어왔다.

"지금 북쪽으로 나가던 안식구들과 어린애들 전원이 송도 관군들에게 체포되었습니다."

청천벽력과도 같은 소식이었다. 최오돌과 탁껵쇠를 비롯한 모든 참모들이 이를 갈며 분해하였지만 그렇다고 달리 뾰족한 수도 없었다. 어찌 됐든 살 길은 북쪽 길을 뚫고 가는 것이었다.

"빨리 움직여야 내행들을 구출할 수 있겠습니다."

그 때 황해도 관군 쪽을 정탐하던 보발꾼이 들어왔다.

"황해도 관군들이 벌써 혜음령까지 도달하였습니다. 화살 수백 자루를 준비하여 이곳에다 화공을 펴부을 작정인가 봅니다."

"식구들을 모두 광장으로 모으시오."

"모여 있습니다."

"모두 몇 명이오?"

"여든일곱 명입니다."

최오돌이 두목의 자격으로 군령을 내렸다.

"이제부터 여러분은 내 명령에 절대 복종해 주십시오. 우리는 지금 독안에 든 쥐 신세지만 내가 앞장을 서서 활로를 구하면 살 길이 있습니다. 지금부터 산채의 모든 집에 불을 놓으시오. 불을 놓은 다음 북으로 달리도록 하시오."

졸개들이 돌아가면서 불을 놓으니 화광이 충천하였다. 이글이글 타오르는 불꽃은 마치 관권에 항거하다가 마지막으로 토해내는 혜음령 패거리들의 울분과도 같았다.

"잘들 탄다."

탁꺽쇠가 넋두리처럼 주절거렸다. 어디 한 군데 자신의 손때가 묻지 않은 곳이 없었다. 그만큼 정성들여 가꾸어 온 산채였다.

"잘들 탄다."

또 한번 뒤를 돌아보며 탁꺽쇠는 눈물을 글썽거렸다.

한식경쯤 북쪽으로 나갔을까. 숲 속에서 관군의 염탐꾼을 붙잡았다.

"너희 병력이 얼마나 되느냐?"

"이백오십 명입니다."

"이곳에서 얼마쯤 떨어져 있느냐?"

"오리쯤 앞으로 가면 선진이 있습니다."

"우리 내행은 어찌 되었느냐?"

"어른, 아이 가릴 것 없이 그 내행들은 모두 산 속에서 처치해 버린 모양입니다."

"사실이냐?"

"어찌 거짓을 고하겠습니까. 개성 유수가 직접 시켰다

고 들었습니다."

최오돌은 가슴 한켠이 무너져 내리는 소리를 들었다. 개성 유수 이강천이 보옥을 발견하고 후환이 두려워 모조리 처치해 버린 것이었다. 나이 삼십에 네 명의 아내를 맞이했던 최오돌은 순간 창망한 생각이 가슴을 후벼팠다.

"내 원수를 갚으리라."

천둥처럼 고함을 지르는 바람에 옆에 있던 사람들이 초풍을 하였다.

"앞으로 나아가라!"

군령을 내리니 모두들 묵묵히 수풀을 헤치며 앞으로 나아갔다. 오리도 채 못 가서 관군과 부딪쳤다.

"한가촌에서 호랑일 때려 잡은 천하장사 오돌이가 나다. 내 창을 받아라!"

최오돌이 장창을 거머쥐고 일갈을 하니 선전이 황급히 뭉그러지기 시작했다. 그러나 뒤에서 독려하는 군관들에 의해 다시 전열을 정비한 포졸들은 우하고 몰려들었다.

최오돌은 좁은 길목에 우뚝 서서 거머쥔 장창으로 십여 명의 포졸들을 거침없이 베어 나갔다. 뒷걸음질치는 관군을 쫓아가 다시 삼십여 명을 찔러 거꾸러뜨리니 이백오십 명이 넘는다는 관군은 어디로 도망갔는지 하나도 보이지 않았다.

혜음령 패들은 두목이 맹호처럼 날뛰자 신이 나서 관군들을 추격하였다. 한참을 추격해도 그림자조차 발견할 수 없었다. 대신 관군이 진을 쳤던 곳에서 참혹한 광경과 마주쳤다. 창으로 찔리우고 칼로 난자당한 시체들이 조그만 산을 이루고 있었다.

개성 유수의 딸이자 최오돌의 셋째 아내인 보옥의 육신은 그 형체를 알아볼 수 없을 정도로 처참하게 찢겨져 있었다. 참살당한 안식구와 아이들의 시체를 부여안고 서럽게 흐느끼는 졸개들도 있었으나 최오돌은 드러내놓고 그럴 수도 없는 입장이었다.

시신들을 정성스레 산모퉁이에 묻어 주고 길을 떠났다. 일행 팔십여 명은 산길로만 이틀을 꼬박 걸은 후에야 청석골에 당도하였다. 서림이 먼저 최오돌을 알아보고 달려나왔다.

"이거 대적당의 두령이 다 됐네그랴."

"나하고 한판 붙을라구 이렇게 많은 도둑놈들을 끌고 온 거유?"

박포의 말에 모두 한바탕 웃었다.

"아무튼 청석골이 떠들썩해서 좋구만."

"식구도 엄청나게 늘었으니 집부터 지어야겠네."

서림이 말했다.

그날부터 산에 가서 나무를 베어온다, 톱질을 한다, 지붕을 얹는다 한바탕 소란이 벌어졌다. 크고 작은 초막이 삽시간에 생겨났다. 그러나 혜음령 식구들은 손수 밥을 지어 먹어야 했다. 아녀자들이 모두 참혹한 변을 당했기 때문이었다.

최오돌은 나날이 계집 생각이 간절하였다. 계집을 넷씩이나 거느리고 지내다가 혼자가 되었으니 쓸쓸함은 이루 말로 다할 수 없었다. 그러나 어쩔 수 없는 노릇이었다. 청석골은 이제 혜음령패까지 합세하여 그 기세가 하늘을 찌르고도 남음이 있었다.

이즈음 황해도 관군과 송도 관군들이 크게 움직여 청석골로 쳐들어온다는 파수꾼들의 보고가 있었다. 송도 관군들이 혜음령 안식구들에게서 청석골로 보내는 표신을 발견하고 청석골로 집결한 줄 알고 다시 관군이 움직였다는 것이었다.

"황해 감사가 이번에는 기필코 아우 원수를 갚겠다면서 오백여 명의 관군을 거느리고 금교역말에서부터 탑고개를 향하여 들어오고 있으며, 송도의 관군들도 육백여 명을 이끌고 혜음령 쪽에서 쳐들어오고 있습니다."

청석골에서도 대책을 수립하기 위해 두목들끼리 모였다.

"이게 뭔가, 괜시리 사람들을 몰살시켜 가지고."

기돌쇠가 투덜거렸다.

"그깟놈들 하나도 두렵지 않소. 오기만 하면 내 모조리 쓸어버릴 테요."

박포가 큰소리를 쳤다.

"겁날 것이야 없지만 귀찮거든."

이날치도 귀찮다는 표정으로 한 마디 거들었다.

"이미 엎질러진 물 주워 담을 수도 없는 노릇 아니오."

최오돌이 좌중을 둘러보았다. 서림이 묘책을 내놓았다.

"그놈들에게 엄포를 놓으면 어떨까 싶은데."

"어떻게요?"

"천하장사 세 명이 청석골에 모였는데 한 사람이 천 명 씩 삼천 명은 능히 당해낼 수 있다고 하는 거야. 그놈들 대부분이 오돌이의 창맛을 본 놈들이고, 돌쇠의 표창맛과 박포의 쇠도리깨에 혼쭐이 났던 놈들일 테니까."

"그것 참 좋긴 한데 그놈들한테 어떻게 알리지요?"

"그 내용을 자세히 써서 여기저기 붙여 놓으면 그놈들 내부에서 금방 동요가 일어날 걸세."

"싸우지 않고 이긴다면 더없이 좋지요."

"손자의 병법에도 부전이승이라는 말이 있지."

"형님은 언제 병서를 그렇게 읽으셨소?"

"사람들이 나더러 괜히 책사라고 했겠나."

"하긴."

"그럼 어떻게 할까?"

"쇠뿔도 단김에 빼랬다고 지금 당장 시작하지요."

서림이 지필묵을 준비했다. 최오돌이 먹을 가는 사이 생각을 가다듬던 서림은 붓끝에 듬뿍 먹을 찍어 글을 써 내려 가기 시작했다.

관군들에게 고함

천하장사 세 사람이 청석골에 웅거하고 계신 것은 너희도 잘 알 것이다.

먼저 기돌쇠 장군을 소개한다. 긴 설명을 할 것도 없이 작년에 이곳에 왔던 놈들이라면 넉넉히 그 재주를 알고 있으리라. 표창 한 개면 능히 인명 하나씩을 해할 수 있는 그의 수중에는 지금 천여 개의 표창이 있으니 천 명의 목숨이 그의 손바닥 안에 들어 있는 셈이다.

천하장사 박포 장군도 계시다. 박포 장군으로 말할 것 같으면 사람 스무 명쯤은 능히 두 손으로 내동댕이 칠

수 있고, 그 무시무시한 쇠도리깨의 맛을 아는 놈들은 벌써 알고 있을 것이다.

어찌 그뿐이랴. 최오돌 장군이 계시다. 이번 혜음령 싸움에서 너희는 이미 장군의 창맛을 보았으리라. 그는 한가촌 산 속에서 호랑이 두 마리를 때려잡은 무서운 장사다. 그 역시 창 하나만 가지면 너희들 천 명은 능히 도륙할 수 있을 것이다.

우리가 세 사람만 내보내도 너희의 무리는 풍지박산하여 패망할 것이거늘 수백 명 범과 같은 장사까지 함께한다면 너희의 운명은 묻지 않아도 뻔한 것이 아니겠느냐.

올테면 와서 사내답게 일전을 겨누든가, 목숨이 아깝다면 한시바삐 철군하여 선혜청과 포도청에서 낮잠들이나 자빠져 자거라.

청석골 두령　서림

기돌쇠

최오돌

박포

이 글이 붙은지 사흘만에 두 곳에 주둔하고 있던 관군들이 스스로 물러가니 청석골 도적패의 위명이 또 한번 조선 팔도를 뒤흔드는 계기가 되었다.

대소의 도적들이 청석골로 입당하기를 원하는 것도 어쩌면 당연한 일이었다.

제2부 장서주

환허당

봄기운이 완연한 사월이었다. 금강산 깊은 산 속에서 올려다보는 하늘은 푸르다 못해 진한 쪽빛을 띠고 있었다. 그 빛깔이 너무도 강렬하여 손으로 건드리면 그대로 묻어나올 것만 같았다.

아스라이 보이는 비로봉의 허리쯤엔 연한 구름이 서너 점 걸려 있고, 억겁의 구릉들이 꿈틀거리며 그려내는 완급의 곡선들은 눈을 찌를 듯 다가왔다.

유점사에서 내금강에 위치한 장안사까지 가려면 비로봉 부근에서 내무재를 넘어야 했다. 외무재를 한 바퀴 휘돌아 중간쯤에서 빠지는 방법도 있긴 했다. 두 길 모두 험하고 까다롭기는 매일반이었지만 아무래도 외무재는 빙 돌아서 가야 한다는 부담이 있었다.

환허당은 바위에 걸터앉아 잠시 숨을 돌리고 있었다. 유점사에서 동안거를 마친 그는 하안거에 들기 위해 젊은 비구니 제자 반야를 데리고 남방의 대찰을 찾아가는 길이었다.

환허당의 고매한 법명은 모르는 이가 없을 정도였다. 넓은 도량으로 인해 시주들에겐 언제나 외경의 대상이었다. 정혜가 선명하고 도예가 드높아서 환허당이 어느 절에 주석한다고 소문이라도 나게 되면 수많은 수좌들이 구름처럼 몰려들었다.

그러나 환허당은 이러한 명성을 초개처럼 여겼다. 스스로 그 명성에서 벗어나려고 노력하였다. 자신의 명성이 헛되이 높아 감에 따라 회적도명하여 대오의 보림을 철저히 할 필요가 있음을 절실히 깨달았다.

삼 년 전 그가 이 금강산으로 남몰래 석량을 옮긴 것도 그러한 자신의 내면적인 반성과 추구가 있었기 때문이었다.

환허당의 모습은 백옥과 같이 맑고 고요했다. 학처럼 고고하기 그지없었다. 견성을 위해 부단하게 매진한 결과였다. 해탈의 경지에까지 이른 그가 유점사에 와보니 염불보다 잿밥에 관심을 쏟는 중들이 더 많았다.

환허당은 며칠 동안 머물다가 수미암으로 올라갔다.

수미암은 유점사에서도 한참을 올라가야 하는 암자였다. 길이 가파르고 험해서 평소에도 인적이 드문 편인데 날이라도 추워지게 되면 세 끼 공양을 가져다 먹을 수 없기 때문에 사람의 발길이 뚝 끊기는 곳이었다.

환허당은 폐허가 되다시피한 이 암자를 자청해서 떠맡

왔다. 선정삼매에 들기 위함이었다.

그는 그것을 유일한 범열로 알고 지냈다. 배가 고프면 머루와 다래와 그밖의 산열매로 주린 배를 위로하였다. 정 속이 허하다 싶으면 바루를 들고 유점사로 내려갔다. 큰 절에서는 거의 매일 불공과 제사가 있었으므로 하루도 걸르지 않고 두부를 만들었다. 두부를 만들고 난 뒤 남는 비지는 대부분 먹지 않고 버렸다.

환허당은 그 비지를 주워 바루에 담고 소중하게 두 손으로 받쳐들고는 이상한 주문을 외웠다. 그러면 그 비지에서 하얀 김이 모락모락 피어오르면서 쌀밥으로 변하는 것이었다. 가끔 그것으로 요기를 하기도 하였다.

유점사 중 가운데 원유라는 심술 사나운 자가 그 광경을 목격하고서 슬그머니 심술이 발동하여, 두부를 만든 다음엔 언제나 비지를 더러운 곳에 갖다 버리든가 흙 묻은 발로 짓밟아서 못 쓰게 만들었다.

그 날도 환허당은 배고픔을 느끼고 유점사로 내려왔다가 흙구덩이에 버려진 비지를 발견했다.

"어쩔 수 없는 중생들이로고."

환허당은 혀를 끌끌 차면서 도로 바루를 거두어 수미암으로 올라갔다. 그로부터 며칠 후였다.

"오랜만에 밥을 지어 먹어볼까."

환허당은 빈 솥에다 물을 붓고 불을 지폈다. 한참 후에 구수한 냄새가 나면서 밥이 끓기 시작했다.

그는 김이 무럭무럭 나는 밥을 퍼서 맛있게 먹었다.

연사흘 동안이나 그는 빈 솥에다 물만 붓고 불을 지폈다. 물이 끓으면 어김없이 밥이 되었다.

유점사에서는 큰 소동이 벌어졌다. 사흘씩이나 굶주림에 허덕인 중들이 원인 규명에 나선 것이었다.

"틀림없이 쌀을 씻어서 앉혔는데 나중에 보면 물만 끓고 쌀은 온데 간데 없으니 도대체 어찌 된 일이냐?"

"필시 곡절이 있을 것이오."

"환허 스님께서 비지를 가져다가 밥으로 바꾸어 드시는 것을 본 적이 있습니다."

"이번 일이 그것과 무슨 연관이라도 있다는 게요?"

"며칠 전 원유 스님이 비지를 모조리 흙구덩이에 처박은 일이 있습니다."

"그게 사실이오?"

"저의 부덕을 용서해 주십시오."

원유가 앞으로 나서며 합장을 했다.

"허어, 그렇다면 큰일이 아닌가. 이는 수미암에 계신 도인을 모욕하여 생긴 일이 분명하니 모두 거적을 들고 석고대죄하러 올라갑시다."

유점사의 중 수십 명은 수미암 마당 앞에 거적을 깔고 엎드려 대죄하였다. 선정에 들었던 환허당은 문을 열고 나오며 물었다.

"이게 어인 일들이십니까?"

"소승들의 죄는 실로 천참만륙하여야 할 것이옵니다. 눈은 있어도 구안한 자가 없어 큰스님을 몰라 뵈었으니 부디 한 번만 용서해 주십시오."

모두 머리를 땅바닥에 조아렸다.

"불안하니 그만 물러들 가시오."

환허당이 손짓을 했다.

"소승들은 쾌히 용서하겠다는 말씀이 있기 전에는 한 발자국도 물러 설 수 없습니다."

"모든 것을 용서할 테니 물러들 가시오."

"그렇다면 용서의 뜻으로 스님께서 유점사로 내려와 주십시오."

"아무려면 어떻소. 좋도록 하시오."

그 날로 환허당은 유점사로 내려왔다. 내려와서도 큰 절에는 거하지 아니하고 큰절 부근에 있는 반야암에 머물고 있었다.

과거 준비를 위해 묵고 있는 학인들 이외에 수좌나 보살들은 모두 반야암으로 몰려들었다. 큰스님으로부터 오묘한 진리를 터득하기 위함이었다.

그러나 환허당의 생활은 지극히 평범했다. 큰절에서 쌀을 옮겨다가 밥을 짓고 비지로 밥을 만들었다지만, 수좌들이 가까이에서 보기엔 보통 사람과 조금도 다를 것이 없었다. 밥 먹고, 하품하고, 기침하고, 잠자고, 책을 뒤적이고, 눈을 반쯤 감은 채 참선하고……

"신통하다더니 뭐 저래."

"우리와 별반 다를 것도 없잖아."

"키가 크고 힘이 좀 세다고 할까. 그래서 여러 날 굶어도 끄떡 않는 재주가 있는 것뿐이야."

"그저 그런 정도지."

"신통력은 눈 씻고 찾아봐도 없네그려."

"비지로 밥을 만들고 쌀을 옮길 때는 어찌 하였을까?"

"글쎄."

시간이 흐를수록 수좌들은 염증을 느끼기 시작했다.

"내원암 조실 스님은 천공을 받아 잡수시는 터에 환허 스님을 큰스님이라고 높여 드릴 것이 뭐 있는가."

"아무렴, 내원암 조실 스님이 천공받아 잡수시는 거야 모르는 사람이 없지. 한번 환허 스님과 신력통을 비교해 보는 것이 어떨까."

중들은 내원암 조실과 환허당의 도술을 맞붙여 보기로 작당하였다.

"내원암 조실 스님께서 천공을 대접한다고 큰스님을 모시고 오랍니다."

환허당은 중들을 따라 내원암으로 갔다. 점심때를 택하여 그곳으로 갔건만 수인사가 끝나고 점심 공양 시간이 훨씬 지났는데도 천공은커녕 아무것도 들어오는 것이 없었다.

중들은 물끄러미 내원암 조실 스님의 얼굴만 들여다 보았다.

실로 이상한 일이었다. 공양때만 되면 하늘로부터 백학을 탄 아름다운 선녀들이 밥과 반찬에 과일을 곁들인 상을 받들고 조실로 내려왔다. 주위에는 꽃향기가 그윽하게 퍼지고 내원암 조실 스님은 그 하늘의 요리를 맛있게 잡숫곤 했다.

그런데 환허당과 도술을 비교하기 위해 중들이 일부러 마련한 이 법회에서 천공은커녕 지공도 구경할 수 없었다.

"글쎄, 요년들이 오다가 오작교에서 떨어졌나, 웬일인지 모르겠다."

조실 스님이 중얼거렸다. 아무리 기다려도 하늘 나라

의 선녀는 내려오지 않았다. 오래 도담을 나누어서 화제가 곤궁하였던지 환허 스님은 자리를 털고 일어섰다.

"그만 소승은 실례하겠습니다."

나머지 중들도 따라 일어났다.

환허당이 내원암을 떠나 한참을 걸어가니 그제서야 선녀들이 천공을 받들고 내원암 조실로 들어갔다.

"오늘은 왜 이리 늦었느냐?"

"아뢰옵기 황공하오나, 천공을 들고 이리로 내려온 지는 여러 시간이 되었습니다만 환허 스님 주위에 화엄신장들이 삥 둘러 지키고 있어서 들어올 틈이 없었습니다. 신장들은 저희를 보고 눈을 부라리면서 기치창검으로 위협을 하였습니다."

조실 스님은 무릎을 쳤다. 그 소문이 큰절에 전해지자 환허 스님의 도예는 끝간 데 없이 치솟았다. 키가 칠척이요, 몸집 또한 거대해서 보통 사람의 서너 배는 족히 먹어치우는 환허당은 천공 대접을 받으러 갔다가 또 한 번 그 큰 도력을 여러 사람들에게 과시했다.

"과연 명불허전이구나. 혹 대접을 소홀히해서 우리 산문을 떠나는 일이 없도록 매일 드시는 공양의 분량을 사오 배씩 늘려라."

총섭화상이 지엄한 분부를 내렸다.

그 후 여러 달이 지나갔다. 중들은 환허 스님이 보통 사람과 다를 바 없다고 또다시 푸념을 늘어놓았다.

"저희는 이제 다른 곳으로 가겠습니다. 스님을 오래 모시고 있어 봤자 법어도 가르쳐 주시지 않고, 별로 스님께 바랄 만한 것도 없고……"

"모두 스님 곁을 떠난다고 합니다. 소승도 물러갈까 합니다."

옆에 있던 지선 스님이 아뢰었다.

"갈 때 가더라고 점심이나 들고들 가시지요."

환허 스님이 말했다. 짐들을 챙겨들고 떠날 채비를 하던 수좌들이 잠시 머뭇거렸다.

환허당은 수좌들에게 바늘 한 개씩을 나눠주었다.

"나는 이 바늘로 요기를 할 테니 여러분도 그렇게 하시지요."

환허당은 바늘 한 개를 바루 속에 넣고 물을 받아서 수저로 휘휘 저었다. 그것은 금방 하얀 국수로 변했다. 환허당이 후르륵거리면서 맛있게 국수를 먹자 떠나겠다고 소란을 피우던 수좌들도 바루에 바늘을 넣고 물을 받아 휘휘 저어보았다. 아무런 변화도 없었다.

지선 스님이 바늘을 저으니 절반은 국수로 변하고 절반은 그대로 바늘이었다. 다들 서로의 얼굴만 빤히 쳐다보며 벌린 입을 다물지 못했다.

환허 스님이 큰 도술을 부리는 줄 뻔히 알면서도 수좌들은 몇 달 동안 잠잠하면 이내 잊어버렸다가 결정적인 순간에 한 번씩 펼쳐보이는 환허당의 재주를 목격하고서야 다시금 경탄을 금치 못하는 것이었다.

"왜들 점심을 안 자시는 거요?"

환허 스님이 큰 소리로 외쳤다.

"스님을 몰라뵌 업보가 두려울 뿐입니다."

수좌들이 일제히 머리를 조아리며 사죄하였다.

"어서 잡숫고 떠나도록 하시지요."

"원컨데 스님께옵서 자비로서 거두어 주십시오."

"자, 이제 그만들 하시오."

환허당이 지선 스님의 어깨를 두드리자 수좌들은 일제히 다시 엎드려 배례를 하였다. 그로부터 한동안 중들은 환허당을 시험하지 않았다.

다음 해 봄날이었다. 유점사에서는 큰 법회가 열렸다. 환허 스님의 설법이 있었다. 그는 법상에 올라서서 불살생계명을 설파하였다.

"모든 생명 있는 것은 하찮은 미물일지라도 죽여서는 안 될지니라."

그 때 절에서 기르는 십여 통의 벌통에서 수만 마리의 벌들이 날아와 설법하는 법상을 한 바퀴 돌았다. 윙윙거리며 한동안 날다가 법당 밖으로 날아가 버렸다.

"실로 묘한 설법이 아닐 수 없다."

모든 중들이 혀를 내둘렀다. 환허당의 도예가 전국 각지의 승속들간에 널리 퍼지게 된 것은 말할 나위도 없었다.

그 무렵부터 환허당의 불법수도사상에 중대한 변화가 일어났다. 전례가 없는 파격적인 행동을 일삼았다. 술도 마시고, 고기도 먹고 마음대로 행하였다.

"음주식육무방반야."

"불애보시해도행음."

깨달음을 얻은 사람은 술 마시고 고기 먹는 것이 가혜에 방해롭지 아니하고, 도적질을 하고 음란한 행동을 한다 하여도 정각본성에는 하등의 구애됨이 없다는 지론대로 실천하기 위함이었다.

"실성을 했음이 분명해."

"매일같이 저렇게 취해 가지고 무슨 선지식을 얻겠다는 거야?"

"살다 보니 별꼴을 다 보는군."

산중의 여러 중들은 입을 모아 환허당을 비난하였다.

환허당은 매일같이 술타령이었다. 술을 마시면 그냥 있는 것도 아니었다. 산중이 떠나가도록 떠들어댔다.

젊은 수좌들이 이삼십 명씩 달려들어 편히 모시겠다고 잡아끌어도 환허당이 한번만 몸을 움찔하면 그만이었다. 얼마나 기운이 센지 도저히 당해낼 재간이 없었다.

"무엇을 하고 있는 게냐?"

그 날도 환허당은 수각거리에서 술을 걸르고 있는 공양주를 발견하고는 옳다구나 싶어 물었다.

공양주는 큰스님이라는 자가 매일같이 술만 퍼먹는 것이 아니꼬와서 술을 걸르는 중이라고 대답했다. 왜냐하면 환허당은 술이라고 하면 절대 마시지 않고 곡차라고 해야만 입에 대기 때문이었다.

환허당은 그만 머쓱해져서 반야암으로 돌아왔다. 한참을 있자니 목구멍이 간질간질하여 자리에 앉아 있을 수가 없었다.

환허당은 또다시 수각거리로 가서 물었다.

"무엇을 걸르고 있느냐?"

"술이래두요."

역시 같은 대답이었다.

터덜터덜 돌아와서 앉아 있다가 컬컬한 속을 도저히 참을 수 없어 다시 쫓아가 체면 불구하고 물었다.

"무엇을 걸르는 게냐?"

"술이라고 여쭙지 않았습니까."

공양주의 대답은 한결같았다. 그 때 무엇인지 알 수 없는 시커먼 그림자가 철퇴를 들어 공양주의 턱을 후려쳤다. 공양주는 비명을 지르며 나뒹굴었다. 입가에 선혈이 낭자했다.

"이크, 야단났다."

"신장님 벌을 받았어."

주위에 있던 사람들이 이 갑작스런 사태에 어리둥절해하며 한 마디씩 떠들었다.

"신장단에 불을 밝혀라."

"신장님께 치성을 드려야 한다."

그 때 환허당이 태연스럽게 나섰다.

"뭐 그럴 것 없다. 그 곡차나 한 동이 길어 오너라."

다른 공양주가 황급히 술을 걸러 대령하였다.

환허당은 동이째 들고 꿀꺽꿀꺽 마셨다. 동이 밑바닥에 있던 술이 그의 목구멍을 타고 넘어갈 즈음 공양주의 입가에 흐르는 피도 말끔하게 멎었다. 사람들은 저마다 벌어진 입을 다물지 못했다.

"오늘부터 큰스님께 매일 한 동이씩 특별하게 걸른 곡차를 올리는 게 어떻겠소?"

"마음대로 신장을 부리고 신장을 역거하는 분 아닌가. 당연히 그래야지."

공양주들끼리 의견의 일치를 보았다.

환허당은 술을 마시면 시를 짓고 시에 가락을 더해 노래를 부르면서 춤을 추곤 하였다.

하늘은 이불이요 땅은 요로다.
산은 목침이고 달은 촛불이며 구름은 병풍이다.
내 취하고자 하니 바다가 소리쳐서 술독이라 하고……
흠뻑 취하여 한바탕 춤을 추니
긴 소매자락이 곤륜산에 하마 걸릴까.

환허당이 처음 금강산을 찾을 때에는 조선 팔도에 자
신의 도예가 너무 알려져서 산 속에 숨어 은거하려던 참
이었는데 오히려 명성은 나날이 높아만 갔다.
그는 어디로든 숨고 싶은 생각이 간절하였다. 강원 감
사로 있던 정분이 환허당의 그런 도예를 멀리서 듣고는
떠보기로 작정을 하였다.
정분은 매란을 불렀다. 매란은 강원 감영에서 제일 가
는 기생이었다. 그녀는 아름다울 뿐만 아니라 슬기로웠
고 자유분방한 성격에 재기가 흘러 넘쳤다.
"매란이 등대하였습니다."
낭랑한 음성이었다.
"매란아, 한 가지 청이 있는데 들어 줄 수 있겠느냐?"
"사또의 은총이 하해와 같사온데 무슨 분부인들 거역
할 수 있으오리까."
"지금 금강산 유점사에는 도예가 드높은 중이 머물고
있느니라."
"환허라는 스님 말씀이옵니까?"
"오냐, 너도 알고 있구나. 그 중의 불심이 여간 깊지
않다는데 그를 유혹할 수 있겠느냐? 내 생각에 매란이

라면 충분히 그 소임을 해낼 것 같기에 부른 것이니라."

"쉰네가 비록 재주는 없사오나 사또의 분부를 받자와 그대로 실행할 것을 맹세하옵니다."

"앞으로 석 달 기한을 주겠다. 만일 그 안에 일을 성사시키지 못한다면 엄한 벌이 기다리고 있을 것이요, 환허당을 녹인다면 후한 상금을 내릴 것이로다."

그 날로 매란은 금강산 유점사를 향해 길을 떠났다.

부지런히 걸음을 재촉한 매란이 유점사에 당도한 것은 꼭 사흘만이었다. 유난히 달이 밝은 밤이었다. 며칠간의 여로에 비록 몸은 피곤하고 얼굴은 햇볕에 그을렸지만, 고운 몸매, 고운 살결, 고운 음성을 잃지는 아니하였다. 그녀는 곧 바로 환허당을 찾았다.

"우매한 중생이 큰스님께 가르침을 받고자 불원천리하고 왔사오니 부디 허락하여 주시기 바랍니다."

그 날부터 매란은 환허당을 곁에서 모시게 되었다. 잔심부름이며 모든 일용범절을 도맡아서 했다. 음식도 환허당의 입에 맞게 따로 만들어 바쳤다.

환허당은 점점 매란에게 빠져들지 않을 수 없었다. 아리따운 여인이 은근하게 부리는 교태를 싫어할 사람은 아무도 없을 것이다.

"다리 좀 주물러 드리오리까?"

"그러면야 좋지."

"좀더 세게 주무를까요?"

"그러게나."

산사의 밤은 고요하다 못해 적막했다. 밤 깊은 외딴 암자에서 환허당은 젊고 아름다운 처녀에게 온몸을 내맡

기고 있었다. 기운이 천하장사요, 도력 도한 천하 제일인 그였지만 여인의 보드라운 손길이 전신을 주무르자 야릇한 흥분을 감출 수 없었다.

"등사목석시득도."

아무리 어여쁜 여자라 할지라도 나무토막이나 돌멩이 같이 여겨야만 비로소 도를 얻을 수 있다 하였다.

환허당은 자신이 불도의 깊은 뜻이나 그 이치를 모두 터득했다고 믿었다. 그러나 새삼스럽게 여인의 살결이 몸에 와 닿자 오싹 한기가 드는 것이었다.

'내가 아직 대선정에 도달하지 못한 것은 아닐까.'

환허당은 스스로에게 자문하면서 지그시 눈을 뜨고 가냘픈 매란의 몸매를 더듬었다. 우아하게 흘러내린 곡선은 무엇을 요구하는 듯, 조르는 듯 고혹적이었다.

달빛이 남쪽 창가로 새어들었다. 달빛에 비친 매란의 모습은 더 한층 매력을 발산하고 있었다.

'진실한 해탈은 뭉친 계박 속에서도 얻을 수 있다고 했겠다?'

환허당은 어리는 듯 취하는 듯 매란의 손을 잡아 이끌었다. 매란이 나직하게 속삭였다.

"스님, 저를 제도해 주세요."

"제도하고 말고, 내 마정수기하듯 마복수기하여 줌세."

불타가 임멸에 다달아 수많은 제자들에게 마정수기 하였듯이 환허당은 아름다운 여자에게 마복수기를 하려고 하는 것이었다.

"내가 모를 줄 아나. 이미 다 알고 있어. 강원 감사의 흉계도, 자네의 그 덧없는 소망까지도. 그런 것은 글 한

수면 될 테지만, 형주 자사 한퇴지에 대한 반답 같은 것
으로 하면 다 될테지만 그럴 필요 있겠는가. 우리 창밖
의 보름달 마냥 곱고 고요하고 아름다운 인연을 맺어 보
세."

"스님 말씀이라면 지옥 끝까지라도 따르겠습니다."

"이제부터 나를 따르는 비구니가 되게. 법명은 반야로
내림세."

그날 밤 환허당은 용이 물을 얻은 듯했고 범이 산을
의지한 듯했다.

"날이 밝기 전에 이곳을 떠나 남방으로 가세나."

"강원 감영으로는 돌아가지 않을 것이옵니다. 스님 곁
에서 떨어지지 않을 작정이니 그리 아시옵소서."

"오오, 반야!"

환허당은 한번 더 반야를 포옹하였다.

새벽 이슬을 밟으며 유점사를 떠난 환허당과 반야는
저물녘이 되어서야 내무재를 넘을 수 있었다.

높은 재를 숨가쁘게 올라섰을 때였다. 갑자기 휘파람
소리가 들려오더니 인상이 험악한 사내들이 숲 속에서
튀어나왔다.

반야가 먼저 이를 발견하고 질겁을 하였다.

"스님, 큰일났어요!"

"도적들인 모양이니 조용히 따라오게."

환허당은 맑고 고요한 얼굴로 앞장을 서서 올라갔다.

"야, 중놈아. 이 칼맛 좀 보고 가거라."

도적 가운데 제일 키가 크고 흉악하게 생긴 놈이 앞으
로 나서며 고함을 질렀다.

환허당은 그 말에는 대꾸도 하지 않고 그저 만면춘풍의 얼굴로 웃어 보였다. 도적은 평생에 그렇게 사람을 잡아당기는 웃음을 처음이었다. 칼맛 보고 가라고 외치던 가슴 속이 어쩐지 답답해 왔다.

환허당은 또 한번 만면춘풍의 웃음을 웃었다. 두번째 웃음은 사람을 뇌쇄시키는 웃음이었다. 도적은 저만큼 칼을 던지고는 그 자리에 무릎을 꿇었다.

"도인이시여, 저희 무리들의 죄를 사하여 주시옵소서."

"무슨 죄를 그렇게 지었나. 아무 죄도 없으니 그냥 물러가시오."

"오늘은 이왕 날이 저물었으니 저희 소굴에서 하룻밤 묵고 떠나시지요."

환허당이 한사코 사양을 하는데도 도적들은 잡아 끌다시피 내무재 고개 위로 데려갔다.

고갯마루에서 오른쪽으로 조그만 초로를 헤치고 들어가는데 졸개 하나가 황급히 마중을 나왔다. 숲 속을 헤치고 들어가니 산 옆으로 서너 개의 토굴이 보였다.

"누추한 이곳이 저희들의 산채올습니다. 하룻밤 묵고 가시기엔 그다지 불편하지는 않을 것입니다."

토굴 속으로 들어가니 온통 산짐승의 가죽과 털로 장식되어 있었다. 저녁이라고 내오는 것도 전부 짐승의 고기뿐이었다. 노린내가 토굴 속에 진동하였다.

"스님께 이런 걸 올려서 어쩌지요."

"아주 훌륭한 공양이오."

도적 두목은 머리를 긁적거렸다.

이윽고 밤이 깊자 환허당은 반야를 옆에 끼고 자리에

누웠다.

설핏 잠이 들었다가 이상한 소리에 눈을 떴다. 한 장한이 장검을 비껴들고 토굴 속으로 들어오고 있었다. 눈에는 살기가 등등하였다.

칼을 머리 위로 치켜드는 순간 환허당은 베고 있던 목침을 재빨리 장한에게 던졌다. 칼이 쨍그렁 소리를 내며 바닥에 떨어졌다. 그 서슬에 놀라 도적 두목이 벌떡 일어났다.

"천하에 죽일 놈 같으니라구."

고함 소리가 함께 칼날이 허공을 갈랐다. 침입했던 장한이 왼쪽 팔을 움켜쥐며 그 자리에 쓰러졌다. 한밤중 예기치 않은 사건으로 인해 산채가 발칵 뒤집혔다.

"저놈이 아까부터 비구니에게 침을 질질 흘리더니 기어코 일을 저지르고 말았군요. 내 저놈을 요절내고 말겠습니다."

"그깟놈 죽여서 뭐하겠소. 쫓아버리기나 하시오."

"참초제근을 해야 합니다. 설 죽이면 되살아나고 되살아나면 앙갚음을 하기 마련입니다."

도적 두목은 졸개를 시켜 한쪽 팔이 잘려 나간 장한을 밖으로 끌어냈다.

"두목, 내가 잠시 정신이 나갔던 모양이오. 한번만 용서해 주시오."

"이미 때는 늦었다."

도적 두목이 칼을 들어 내려치니 핏줄기가 사방으로 튀었다. 피비린내가 코를 찔렀다.

"배은망덕도 유분수지, 회양 산골에서 살인하고 잡혀

가는 놈을 기껏 살려 놓으니 그 따위 짓을 해."

도적 두목이 툴툴거렸다.

사뭇 밤이 깊었다. 한바탕 소란을 피우고 난 뒤끝이라 모두들 시장기를 느꼈다. 저녁으로 먹은 산짐승 고기가 부족했던 모양이었다. 놀란 가슴의 반야도 허기가 지는지 쩝쩝 입맛을 다셨다.

"뭐 좀 먹었으면 좋겠는데요."

반야는 고개를 끄덕였다.

"스님께서도 시장하실 텐데 멧돼지 고기나 구워 올까요? 이곳은 워낙 첩첩산중이 돼놔서 곡식은 구경조차 할 수 없습니다."

도적 두목이 송구스럽다는듯 머리를 조아렸다.

"밤도 깊고 시장하기도 하니 잠시 기다려 보시오. 혹시 시루떡 한 시루가 굴러 들어올지도 모르는 일이니."

환허당은 성큼성큼 토굴 밖으로 나갔다. 반야가 스님이 무엇을 하는가 궁금하여 뒤를 따랐다.

자작나무가 울창한 숲을 이루고 있는 산비탈 중턱에 커다란 바위가 있었다. 하늘에는 별들이 총총했다.

환허당은 바위 위로 올라가 두 손을 번쩍 들고 북쪽 하늘을 향하여 뭐라고 중얼거렸다. 주문을 외우는 것이었다. 주문을 마친 환허당은 다시 토굴로 돌아왔다.

"조금 있다가 시루떡이나 자시고 주무시오."

"시루떡은 웬 시루떡이오니까."

"곡물을 먹지 못하고 있으니 오랜만에 쌀로 만든 음식을 먹어봐야 할 게 아니겠소."

이 때 밖에서 무엇이 쿵 하고 떨어지는 소리가 들렸

다.

"시루떡이 왔으니 나가서 가져 오시오."

졸개들이 우르르 밖으로 몰려나갔다. 정말 김이 모락모락 나는 시루떡 한 시루가 토굴 밖에 놓여 있었다.

졸개들이 떡을 갖고 들어와서 스님과 두목에게 먼저 올렸다.

"이렇게 맛있는 떡을 어디서 가져 오셨습니까?"

"정도는 아니지만 배가 고프니 도리가 있소. 황해도 어느 곳에 시루떡 두 시루를 쪄놓고 산신제를 지내고 있기에 산신에게 양해를 구하고 한 시루 얻어 왔소."

"스님께서는 실로 승천입지도 마음대로 하시는 분입니다."

"인간이 어찌 승천입지를 할 수 있으리까. 나는 그저 인간 만사를 하늘이 정한 뜻에 어긋나지 않게 해결지으려 할 뿐이오."

"스님께서 저희 소굴에 머물러 주신다면 더없는 영광이겠습니다."

"구름 따라 걷다가 물결 따라 흐르는 행각승이 어디 한곳에 머무를 수 있겠소이까."

내무재 도적의 산채에서 하룻밤을 지낸 환허당과 반야는 이튿날 다시 길을 떠났다. 삼단같은 머리를 뭉텅 잘라 버린 반야의 모습은 참으로 고왔다. 속세의 모든 번뇌를 벗어 버린 듯 평온한 얼굴이었다.

"스님 곁에만 있으면 두려울 게 없겠어요."

반야가 고운 목소리로 속삭였다.

"업보는 부처님도 면치 못했다고 하니 고시 업연이 두

터운 일을 당하면 낸들 어쩌겠는가. 지금 반야와 함께 이렇게 가는 것도 전생의 업연 탓일 게야."

"오늘은 어디까지 가실 작정이세요."

"그거야 정하지 않았으니 알 수 없지."

"가까운 절로 드시지요."

"사찰이 아니면 대순가. 아무데고 인연 닿는 곳에서 하룻밤 드새면 되는 것을. 어제는 도적 소굴에서 자지 않았는가."

"도적들이 붙잡고 놓아주지 않으면 어쩌나 조마조마 했어요."

"그 시주들이 나를 붙잡아 놓을 재주가 있어야지."

두 사람은 하루 진종일을 걸었다. 인제를 거쳐 홍천으로 접어들자 날이 저물었다. 수타사까지는 아직도 삼십여 리는 족히 가야 했다.

두 사람은 주막에 들러 하룻밤 묵어가기로 했다.

주모의 안내를 받아 방으로 들어섰다. 별로 넓지도 않은 방은 홍천으로 가는 장돌뱅이들로 발 디딜 틈조차 없었다. 그들이 붐어내는 열기와 고약한 발냄새가 코를 찔렀다. 와자지껄 떠들어대던 장돌뱅이들이 환허당과 반야가 들어서자 힐끔 쳐다보았다.

"이거 스님들께서 어인 행차신가. 암중과 숫중이 다정하게 들어오시네. 혹시 붙어 먹으려고 도망친 건 아닌지 몰라. 절에서는 부처님 앞이라 아무래도 께름칙하니까 말이야."

수염이 덥수룩한 장돌뱅이가 농을 지껄이자 모두 배꼽을 쥐고 웃었다. 퀴퀴하고 고리타분한 냄새가 그들의 폭

소와 함께 뒤섞여 풍겨 왔다.

환허당은 난감하기 짝이 없었으나 어쩔 도리가 없어 잠자코 있었다. 반야도 얼굴만 붉힌 채 다소곳이 앉아 있었다.

"중중 까까중."

"홀딱 까진 까까중, 소금 발라 까졌나……"

한 놈이 놀려대니 다른 놈이 받았다.

"염불이나 한 자락 해보슈."

또 다른 놈이 옆에 있다가 환허당의 옆구리를 쿡쿡 찔렀다. 환허당이 커다란 눈을 부릅 뜨자 그들도 더 이상은 조롱을 하지 않았다. 그러나 반야를 바라보는 그들의 시선이 심상치 않았다.

반야의 몸매를 위아래로 훑어보는 놈에 침까지 질질 흘리면서 유난스럽게 엉덩이의 곡선을 바라보는 놈에, 봉긋 부풀어오른 가슴께를 훔쳐보는 놈에 별의 별 놈들이 다 있었다.

장돌뱅이들은 대개가 총각이나 홀아비들이어서 계집에 주리기 마련이었다. 그들은 마치 굶주린 수캐마냥 반야를 주시하고 있었다.

장돌뱅이들의 시선을 한몸에 받으며 반야는 마치 바늘 방석에 앉은 기분이었으나 그래도 믿는 구석이 있었기에 다소 안심이 되었다. 그것은 바로 환허 스님의 힘과 도술이었다. 환허당은 반야에게 아무 염려 말라고 눈짓을 하였다.

한동안 소란스럽던 주막은 밤이 깊어 갈수록 고요 속으로 빠져들었다. 한 사람 두 사람 곯아 떨어지기 시작했다.

아무리 장난을 좋아하고 계집에 굶주린 그들이라 할지라도 쏟아지는 졸음 앞에서는 속수무책이었다. 마지막까지 남아 있던 늙은 장돌뱅이들도 자리에 누웠다.

반야도 피곤했는지 앉은 채 잠이 들었다. 오직 환허당만 방구석에 가부좌를 틀고 앉아 있었다.

장돌뱅이들은 입을 크게 벌렸다가 다물고 벌렸다가는 다물고 하는 동작을 반복했다. 어떤 장돌뱅이는 진땀을 흘리면서 눈을 부릅뜨기도 했다. 그들이 베고 자던 목침이 천장으로 치솟았다가는 면상을 향해 떨어지는 기괴한 일이 벌어졌기 때문이었다.

그들의 입에서는 연거푸 비명이 새어나왔으나, 그것은 아무의 귀에도 들리지 않았다. 그저 입만 벌리고 진땀을 흘리는 것으로 보일 뿐이었다. 목침은 계속해서 천장을 오르락내리락하였다.

장돌뱅이들은 얼굴에 무수한 타박상을 입었지만 고통을 표현할 방법이 없었다. 환허당은 그제서야 반야를 흔들어 깨웠다.

"응분의 댓가를 받고 있는 중이지."

"왜 진땀을 흘리고 말은 못 하나요?"

"말을 하게 할 수도 있지만 떠들썩해지면 귀찮은 일이 생길지도 모르니 속으로만 당하는 고통을 주는 것일세."

"아이, 가엾어라. 저 어린 것이 진땀을 흘리는 것 좀 보세요."

"아까 놀림을 당할 때와는 영 딴판일세."

"장돌뱅이들이 그렇지 별수 있겠습니까."

"그러니 더욱 벌을 받아야지."

"또 벌을 주시게요?"

"밤새도록 줄 작정일세."

"이번에 무슨 벌인가요."

"물벼락을 내려줄까 하네."

환허당은 천천히 주문을 외웠다. 입 속으로 뭐라고 하니 갑자기 일진광풍이 문밖으로부터 불어왔다. 뒤이어 파도 치는 소리가 들려 왔다. 거대한 물줄기가 소용돌이치듯 밀려와서는 장돌뱅이들을 일시에 휘감았다.

장돌뱅이들은 물 속에서 허우적거리며 연신 고함을 질러댔으나 아무런 소용이 없었다. 끊임없이 밀려오는 거센 파도 앞에서 물만 실컷 들이키다가 모두 기진맥진하여 쓰러져 버렸다.

"어떤가, 물을 게워내는 저 꼴들 좀 보게나."

"이제 그만 하세요."

장돌뱅이들은 대체 이게 무슨 조화 속이냐고 애타게 부르짖었으나 도무지 말이 되어 나오지 않으니 안타까울 뿐이었다.

그들이 이제는 꼼짝없이 죽었구나 생각하고 있을 때 방문이 열리며 주인 영감이 나타났다.

"저들의 죄를 용서하여 주십시오. 스님을 괴롭힌 죄 백번 죽어 마땅하나 주막을 하며 먹고 사는 이 늙은이의 처지를 생각하시어 이제 그만 그쳐 주십시오."

"그렇게 하지요."

"안방에 간단한 주안상을 마련했으니 나무라지 마시고 건너와서 함께 드시지요."

반야는 환허당을 따라 안방으로 건너갔다. 개다리소반에 술과 음식들이 소담스럽게 차려져 있었다.

동이 터 올 무렵 환허당과 반야는 주막을 떠났다. 설악의 주봉이 미끈하게 내려뻗은 이 산악 지대에는 양식이라곤 감자와 옥수수, 도토리 아니면 좁쌀이 전부였다. 흉년이 들면 이것조차도 구하기 어려웠다.

"오늘은 또 어디서 쉬어 가지요?"

반야가 물었다.

"가다가 깃드는 곳이 내 집이니라."

"스님은 밤낮 그런 말씀만 하시더라."

"상월이봉선사의 글 중에 이런 말이 있느니."

해와 달을 등불 삼으니
등불이 다하지 아니하고
하늘과 땅으로 집을 지으니
집이 끝이 없도다.
이 몸이 흐르는 곳
부족함이 없어라
송화가루 날리는 곳
맑은 샘이 솟는구나.

"어떤가?"

"참으로 훌륭합니다."

"우리의 삶도 그래야 할 것이야."

"지당하신 말씀입니다."

"저 흰구름을 좀 보게."

"큰 봉우리 위를 맴돌고 있습니다. "

"푸른 산은 흰 구름 속에 쌓여 있어야만 하느니."

두 사람은 이런저런 이야기를 나누면서 홍천땅 깊숙히 들어갔다. 이제 얼마 가지 아니하면 수타사가 나올 것이라고 생각하며 걸어가는데 큰 고개가 앞을 가로막았다.

숲이 울창한 것이 금방이라도 도적이 튀어나올 것만 같아 반야는 지레 겁부터 집어먹었다.

"어째 고개가 무시무시하네요."

"무섭기로 따지면야 삼계가 화택인데 어찌 이 고개뿐이겠는가."

"그거야 법화경 말씀이고, 무서운 걸 무섭다고 해야지 어쩝니까."

반야가 환허당을 노려보며 곱게 눈을 흘기는데 고개 마루턱에서 머리를 반들반들하게 깎은 중들이 삼십여 명 쏟아져 내려왔다.

"야, 이것 봐라. 오늘은 놀라운 공양이 생겼다."

앞에 선 험상궂게 생긴 중이 한 마디 던지자 나머지 중들이 일제히 웃음을 터뜨렸다. 가만히 보니 얼굴을 하나같이 흉악하게 생겼고 장삼은 낡아 너덜너덜했다. 자비심이라곤 눈꼽만큼도 찾아볼 수 없었다.

"고 비구니 이쁘기도 하다."

"통공양감이지."

"보시 중에서야 살보시가 으뜸 아닌가."

우락부락하게 생긴 칠척 장신의 중이 눈짓을 하자 삼십여 명의 땡추들이 일제히 달려들어 환허당과 반야를 결박지웠다. 환허당은 그들이 어쩌나 두고 보기 위해 순순히 결박을 당했다.

환허당은 반야를 향해 안심하라는 눈짓을 보냈다. 반야도 안심하겠노라고 눈짓으로 답을 했다.

"이놈아, 금강산 참회를 하겠느냐, 아니면 지리산 참회를 하겠느냐?"

한 놈이 큰 소리로 물었다.

"어떻게 하면 좋을까?"

이번엔 자기 일당을 향해 물었다.

"그깟 년놈들 한라산 참회를 시켜 버리세."

"우선 맛뵈기로 금강산 참회를 시키는 게 어떨까."

"그래, 그편이 좋겠네."

저희들끼리 찧고 까불었다. 환허당은 어이가 없었다. 수타사 부근에 땡추들이 집단으로 거주하면서 오가는 행인들을 괴롭힌다는 소리를 들은 적이 있었다.

특히 스님들에겐 금강산 참회니, 지리산 참회니 하는 무시무시한 형벌을 가한다는 것이었다. 언젠가 그들에게 붙잡혔다가 용케 빠져나온 중에게서 그 내용을 소상히 들어 알고 있던 터였다.

금강산 참회란 발가벗겨서 나무에 매달아 놓고 춤을 추게 하는 것이요, 지리산 참회란 발가벗긴 채 거꾸로 물 속에 처박는 것이요, 한라산 참회란 산 사람을 화장하여 저승으로 보내는 것을 의미하는데 그 방법이 지극히 잔인하였다.

"그럴 것 없이 저놈만 한라산 참회를 시키고 계집은 그대로 두었다가 적절할 때 돌아가면서 회포를 푸는 게 어떻겠나."

"그것 참 듣던 중 반가운 소릴세."

"그럼 이놈만 한라산 참외다. 모두들 준비를 해라."

중들은 뿔뿔이 흩어져서 나무를 해오고, 장작을 패고, 단을 쌓았다. 나머지 중들이 화장 준비를 하는 동안 반야의 얼굴을 뚫어져라 바라보던 칠척장신의 중은 히히히, 묘하게 웃더니 그녀를 어디론가 끌고 갔다.

그곳엔 여러 개의 토굴이 있었는데 그중 제일 큰 토굴 속으로 반야를 이끌었다.

굴 속에는 사람의 뼈와 해골들이 어지럽게 널려 있었다. 이부자리 주위는 물론이고 천장에까지 대롱대롱 매달려 있었다.

"알겠지?"

칠척장신의 중이 반야를 바라보다가 또 한번 흉물스럽게 웃었다.

"여기 나뒹굴고 있는 것은 모두 내 말을 거역한 자들의 해골이란 사실을 명심해라."

칠척장신의 입가에 음침한 미소가 번졌다. 그는 입술을 한번 훔치고는 반야에게로 성큼성큼 다가갔다. 반야는 순간적으로 뒷걸음질을 쳤다. 몇 발자국 떼기도 전에 등이 벽에 닿았다. 도망갈 구멍은 없었다.

칠척장신의 중이 가쁜 숨을 몰아쉬며 반야의 장삼을 낚아챘다. 앞섶을 열어제낀 그는 허벅지와 젖가슴을 어루만지더니 더는 참을 수 없다는 듯 반야를 바닥에 쓰러뜨렸다.

반야는 환허 스님이 원망스러웠다. 여지껏 도술을 부리기만 간절히 기다리고 있었건만 꿩 구워먹은 소식이었다. 이제는 꼼짝 없이 땡추에게 당하는구나 싶었다.

"내 곧 극락 구경을 시켜 주마."

땡추의 손이 거침없이 반야의 아랫도리를 파고들었다. 막 반야의 아랫도리를 까내리려는 순간 밖이 소란스러워지면서 천둥같은 고함 소리가 났다.

"뭐야? 하필이면 이런 때……"

짜증 섞인 목소리로 중얼거리며 그는 반야에게서 몸을 일으켜 밖으로 나갔다.

"죄없는 사람을 왜 죽이려 하느냐. 내 오늘 네놈들 버릇을 단단히 고쳐 놓고야 말리라!"

어디서 나타났는지 키는 아홉 자에 몸집은 삼백 근이 실히 되어 보이는 장한이 집채만한 바위를 집어들고 달려오고 있었다.

환허당을 화장하려고 준비를 하던 중들은 벼락이 치는 듯한 고함 소리에 놀라 끽소리 못하고 그 자리에 엎드려 벌벌 떨고 있었다.

칠척장신의 중도 장한이 들고 있는 바위의 크기에 그만 기가 질려 버렸다. 그것은 웬만한 초가집 크기의 거대한 바위였다. 그 바위를 두 손으로 공중 높이 치켜 든다는 것은 사람의 힘으론 도저히 불가능했다.

저것은 분명 하늘에서 내려온 신장이거나 저승사자가 틀림없다고 중들은 생각했다. 산처럼 우뚝 버티고 선 장한이 머리 위로 치켜든 바위를 내던진다면 뼈는커녕 형체도 알아볼 수 없을 정도로 박살이 날 것이 분명했다.

"너희는 회양 사는 천하장사 장서주의 이름도 들어보지 못했느냐? 이놈들, 어서 저 스님을 풀어드려라!"

장서주는 산천초목이 부들부들 떨 만큼 무시무시한 음
성으로 호령을 했다. 중들이 황급히 환허당에게 다가가
칭칭 동여맨 밧줄을 풀려고 하였다.

　　"저리 비켜 서라."

　　환허당이 근엄한 목소리로 중들을 물리쳤다. 그리고는
명치 끝에서부터 기를 끌어모아 두 팔에 힘을 주었다.
용트림을 한번 하자 두툼한 밧줄이 토막토막 끊어져 내
렸다.

　　중들은 혀를 차며 놀라움을 금치 못했다. 장서주가 환
허당 앞에 나아가 부복하였다.

　　"비록 강원도 산골짜기의 회양땅에 살고 있으나 큰스
님의 높으신 도예는 익히 들은 바 있습니다. 오늘 우연
히 이곳을 지나다가 큰스님을 만나뵙게 되니 이보다 더
큰 광영이 어디 있겠습니까."

　　"분에 넘치는 과찬이오. 장사의 소문은 나 또한 익히
들었소. 회양땅에 사는 장사를 이곳에서 이렇게 만나게
되다니 정말 뜻밖이외다."

　　환허당이 장서주의 어깨를 두드리며 칭찬하였다.

　　"이놈은 비록 눈을 가지고 있으나 눈이 먼 것과 다름
없으니 두 눈알을 빼버릴까 합니다."

　　반야를 토굴로 끌고 갔던 땡추가 어느 틈엔가 그녀를
데리고 와서는 다른 중들과 함께 엎드려 있다가 고개를
들며 주먹으로 자신의 한쪽 눈을 후려쳤다. 눈알이 밖으
로 튀어나왔다. 다시 한쪽 눈을 치려고 할 때 장서주가
달려들어 말리며 빠진 눈알을 도로 끼워 넣어 주었다.

　　"죽을 때가 되어 높으신 스님을 몰라 뵈었으니 저희도

눈알을 뽑겠습니다."

다른 중들도 일제히 머리를 조아리며 소리쳤다.

"그럴 것 없소. 무릇 눈이란 어두울 때가 있으면 밝아질 때도 있는 법이오."

환허당이 점잖게 타일렀다.

"기이한 인연으로 하여 큰스님을 이곳에서 만났으니 소생도 아주 삭발을 하고 불문에 입적코자 합니다. 원컨대 큰스님께선 우둔한 소생을 거두어 주옵소서."

장서주는 산더미같이 큰 몸을 움직여 환허당 앞에 나아가 세 번 절을 올렸다.

"그대가 진정으로 출가하는 것이 소원이라면 나에게 출가하는 것도 무방할 것이나, 이곳은 수도하기에 마땅한 장소가 아닌 즉 나를 따라 남방으로 가세나."

장서주는 환허당과 반야를 따라 함께 남방으로 가기로 하였다.

땡초들의 행진곡

조선 팔도에서 암약하는 도적패들 가운데 땡추들의 세력 또한 무시할 수 없을 정도로 막강하였다. 곳곳에서 집단을 이루어 활동하는 이들 땡추들은 낮이면 탁발승 행세를 하고 밤이면 도적들로 변하는 것이었다.

그들은 불제자로서의 자비가 아니라 야차나 나찰처럼 무시무시한 포학성과 잔인함을 자랑으로 삼았다.

강원도 홍천의 수타사 주변은 땡추들의 소굴로 유명한 곳이었다. 이곳 땡추들의 두목은 소웅이라는 별호로 불리웠는데 흉맹하기 이를 데 없었다.

다른 도적들도 이곳 땡추들에게 봉변을 당하기 일쑤였다. 전술이 뛰어나서 여타 도적이나 포교들도 이들과 맞부딪히면 망신만 당하였다. 그런 땡추들이 환허당과 장서주를 맞아 힘 한번 써보지 못하고 무릎을 꿇었던 것이다.

그 날 저녁 땡추들은 환허당과 반야, 장서주를 산채로 맞이하여 큰 잔치를 베풀었다. 통째로 삶은 돼지에서부터 곰의 발바닥, 노루 다리, 소의 혀에 이르기까지 산해진미로 그득하였다. 어디서 구했는지 상하등주, 감홍로가 독째 있었다.

"변변하게 차린 것은 없습니다만 많이들 잡수시오."

땡추 두목 소옹이 말했다.

"오늘부터 큰스님과 천하장사를 우리 소굴의 두목으로 받들어 모실까 합니다. 두 분 생각은 어떠신지. 두 분께서 허락만 하신다면 저희는 군왕 부럽지 않은 대접을 해 드릴 만반의 준비가 되어 있습니다."

"……"

환허당과 장서주가 아무 말이 없자 소옹은 갑갑하다는 듯이 떠들어댔다.

그의 말에 의하면, 땡추들이 탁발승으로 가장하고 강원 감영과 고을 내위를 제집 드나들 듯 하기 때문에 필요한 물건들을 마음껏 조달할 수 있을 뿐만 아니라 희귀한 물건들도 얼마든지 훔쳐 올 수 있다는 것이었다.

"나중에 보여 드리겠습니다만, 우리가 삼사 년에 걸쳐 훔친 물건들을 상당량 모아 두었습니다."

잔치가 끝난 후에 소옹은 환허당과 반야, 장서주를 비밀 창고로 안내했다.

창고 문을 열자 거기엔 금은보화는 물론이고 생전 듣도 보도 못한 진귀한 물건들이 가득 쌓여 있었다.

"이만한 재물이면 저희가 당분간 도적질을 하지 않는다 하더라도 먹고 지낼 수 있습니다. 부디 저희 산채의 주인이 되어 주십시오."

소웅이 간곡하게 부탁을 했다.

"그렇게 하세요, 스님. 더 걸을래야 발이 부르터서 갈 수도 없습니다."

반야가 남방으로 천이하는 것이 별로 달갑지 않다는 투로 말했다.

"고향 근처에서 스님을 모신다면 그보다 더 좋은 일이 어딨겠습니까."

장서주 또한 은근히 이곳에 머물 뜻을 내비쳤다.

"그러면 산채에 폐가 되지 않겠소?"

"당치도 않은 말씀입니다. 오히려 저희에겐 평생의 영광이지요."

반야는 여독이 풀리지 않았는데 이튿날부터 자리에 누워 앓기 시작했다.

"큼직한 벌이가 있다면 내 한 번 도와 드리리다."

장서주가 소웅에게 말했다.

"며칠 있으면 이 산채에도 큰 재물과 고운 여자들이 쏟아져 들어올 것이오."

환허당은 알 수 없는 소리를 했다. 소웅이 궁금하여 물었다.

"재물은 무엇이며, 여자들은 어디서 온다는 말씀입니까?"

"차차 알게 될 걸세."

"소인은 재물 욕심은 없습니다만 고운 계집은 자못 간

절합니다."

장서주도 궁금해 못견디겠다는 듯이 계집 생각나는 것을 실토하였다.

"소인도 홀아비로 몇 년을 지내왔더니 계집 냄새만 맡아도 아랫도리가 불끈거립니다."

소응도 지지 않고 계집 타령을 늘어놓았다. 곁에 있던 반야의 얼굴이 연시처럼 붉어졌다.

환허당과 장서주가 사좌의 예로써 인연을 맺고 수타사 땡추들의 산채에 기숙한지 어언 두어 달이 지났다.

깊은 산 속에는 겨울이 빨리 찾아오는 법이다. 더군다나 강원도의 겨울은 유난히 길고 추웠다.

어느 날 저녁, 해가 질 무렵이었다. 고갯마루에 나가 파수를 보고 있던 땡추 둘이 숨이 턱에 닿도록 산채로 달려왔다.

"지금 고개 아래 주막에 군관, 상궁, 봉물짐을 합쳐서 인마 사오십 필이 대기하고 있사온데 내일 새벽 이곳을 통과할 예정이라 하옵니다."

소응에게 보고하니, 우리 큰스님 예언이 적중했다며 손뼉까지 치면서 좋아했다. 장서주는 장서주대로 신이 나서 콧바람을 힝힝 내뿜었다.

"서주와 소응이 이번에 혹시 장가를 갈는지도 모르겠네."

환허당이 장서주와 소응과 바라보며 빙그레 웃었다.

산채에서는 설렁줄이 울리고 종소리, 북소리가 요란스럽게 울려퍼졌다. 싸울 채비를 하는 것이었다.

"전원 무장하고 대기하고 있게."

소웅의 명령이 떨어지자 땡추들은 신발을 단단히 신고, 수건으로 머리를 질끈 동여맨 다음 몽둥이와 칼을 준비하였다. 그것을 지켜보고 있던 장서주가 나서며 한바탕 웃었다.

"아니, 왜 웃으십니까?"

소웅이 물었다.

"그것들을 가지고 무엇을 하려고 그러시오?"

"워낙 여러 놈들이라는데 어디 독불장군이 있습니까. 매사에 준비를 철저히 해야지요."

"다 필요없소. 나 혼자 그놈들을 떠맡을 테니 졸개들에겐 뒷처리나 소홀히 하지 않도록 이르시오."

그리하여 장서주와 소웅을 비롯한 삼십여 명의 땡추들은 새벽까지 기다릴 것 없이 고개 아래 주막으로 쳐들어가기로 했다.

주막에서는 천상궁 일행이 날이 밝기만을 기다리고 있었다. 문정 왕후의 특명으로 금강산에 백일 기도를 하러 가는 길이었다.

많은 재물이 내탕금에서 쏟아져 나왔고, 천상궁 이외에도 젊은 상궁 십여 명이 호종하였다. 금도군관 십여 명과 마부 역졸들까지 합하니 인마가 도합 사십이었다.

섣달 대보름의 교교한 달빛이 산과 언덕을 두루 비추었다.

서쪽 산자락을 타고 아련한 함성 소리가 들려 왔다. 땡추들의 야습에 대비해 삼엄한 경비를 펼치고 있던 군관과 역졸들은 소스라치게 놀랐다.

둥둥둥 북소리와 함께 땡추들이 내지르는 고함 소리는

점점 가까이 다가왔다.

"수타산 땡추들은 흉폭하기로 소문이 자자하던데……"

주막 입구를 지키고 선 포졸 하나가 말했다.

"놈들이 들이닥치면 어쩌나."

"여차직하면 삼십육계 줄행랑을 치는 거지, 뭐."

"왕명을 어긴 죄는 어떡하고."

"왕명이고 군명이고 간에 묵숨을 부지하고 봐야지."

"하긴……"

"놈들이 쳐들어 오는 모양인데."

"계집들이 아깝다."

"아까우면 오는 길에 해치울 것이지."

"그놈 못하는 소리가 없구먼."

　농담을 주고받고 섰는데 천지가 진동하는 듯한 고함소리가 귓전을 때렸다.

"이놈들, 짐짝을 고스란히 놓아두고 항복해라!"

　산이 흔들리고 땅이 요동치는 것 같았다. 군관 두 명이 교교한 달빛 아래 소리치는 사내를 바라보며 혀를 내둘렀다.

"저것 좀 보게."

"뭔데 그러는가?"

"저 앞에서 소리치는 자 말일세."

"어떻게 저런 일이……"

　비로소 발견한 모양이었다. 거구의 사내가 주막을 향해 달려오는데 두 팔 높이 치켜든 것은 산만큼 큰 바위였다. 금도군관이 칼을 버리고 달아났다.

　주막 안은 발칵 뒤집혔다. 포졸이며 마부들도 도망갈

궁리를 하느라 여념이 없었다. 상궁과 나인들은 구석에 박혀서 어쩔 줄 몰라 하며 부들부들 떨고 있었다.

"투항을 하면 목숨만은 살려 주마."

커다란 바위를 쳐들고 선 장서주 때문에 모두들 새파랗게 질려 떨고 있는데 어디서 나타났는지 흉악하게 생긴 땡추 삼십여 명이 번개같이 내달아 하나도 빠짐없이 결박을 지웠다.

"아무리 무식한 산적들이기로서니 정이품 내명부 천상궁을 몰라 보느냐!"

천상궁이 몸을 비틀며 발악을 하였다. 나머지 사람들은 순순히 오라를 받았다.

"모두 절간 스님들이네."

젊은 상궁이 귓속말을 했다.

"이젠 착실히 욕을 보겠지."

다른 상궁이 받았다.

"어디로 끌려 가더라도 사내 맛이나 실컷 보고 죽었으면 여한이 없겠다."

또 다른 상궁이 쫑알거렸다.

"뉘 아니래."

"상감마마의 하룻밤은 백년하청인데 어느 세월에 차례가 오길 기다린단 말이야."

저희끼리 주고 받으며 땡추들에 의해 밖으로 끌려나왔다. 땡추들은 금은보화며 비단 포목들과 함께 젊고 아리따운 궁녀들을 산채로 끌고 왔다.

"스님, 고운 계집들과 금은보화를 대령하였습니다."

"수고들 했네."

"저기 천상궁이란 계집이 아마도 우두머리인 듯싶습니다."

"이리로 불러들여라."

환허당의 말이 떨어지기가 무섭게 천상궁이 땡추들에게 두 팔을 잡힌 채 끌려 들어왔다. 끌려 온 천상궁은 몹시 분하다는 얼굴로 입을 열었다.

"나는 왕명을 받들고 금강산 유점사로 백일기도를 드리러 가는 천상궁이오. 당신들을 보아하니 장삼을 걸친 것이 불도들 같은데 이렇듯 사람을 강제로 납치하는 법이 어디 있소!"

"왕명이라 하면 어느 왕명인가?"

"하늘에 해가 둘이 아닌 이상 이 땅에 어찌 두 임금이 있겠소."

"하하하, 지금 팔도에는 스스로를 일컬어 왕이로다, 장군이로다, 자처하는 작자들이 부지기순데 그대는 도대체 누구의 왕명을 받았단 말이오."

천상궁의 안색이 변하였다.

"나도 이 산채의 군왕이오. 군왕의 씨가 어디 따로 있겠소. 전주 이씨도 고려 왕조의 문하시중으로 있었더랬잖소. 이기면 군왕이요, 패하면 역적이 되는 만고의 이치도 모르오? 그대는 이제부터 내 명을 받들 책임과 의무가 있음을 유념하시오."

환허당의 활달한 기운이 유연히 솟구쳤다. 천상궁의 안색은 점차 백지장처럼 새하얗게 변했다.

"내 그대에게 첫번째 명을 내리겠소. 오늘부터 나와 시침하도록 하시오."

천상궁은 입술만 깨물 뿐 말이 없었다. 장서주가 나서서 호통을 쳤다.

"어서 대답하지 못하겠소. 우리 스님은 도술로나 인품으로나 이 세상 천지에 따라올 자가 없는 분이신데 그래도 시침을 못하겠단 말이오?"

천상궁이 대답을 하지 못하고 사시나무처럼 떨고만 있으니까 그중 젊은 궁녀가 나섰다.

"상궁마마께서는 지금 병환중이시니 소녀가 오늘 밤 대신 시침하겠습니다."

"그럴 것 없다. 나는 꼭 천상궁이라야 되겠다."

환허당이 다시 천상궁, 하고 부르니 제일 놀란 사람은 바로 천상궁 자신이었다. 그 우렁차고 웅장한 음성에다 사내다운 얼굴에 사악한 기운이라곤 찾아볼 수 없는 기품에 천상궁은 그만 반하고 말았다.

"스님을 시침하겠습니다."

이윽고 천상궁의 입에서 떨리는 음성이 흘러나왔다. 환허당은 젊은 상궁 한 사람씩을 각각 장서주와 소웅에게 내려 주었다.

"너희들은 오늘 저녁 화촉동방에서 꽃촛불을 밝혀라."

"황감한 처분이십니다."

장서주의 입이 귀에 걸렸다. 소웅도 홀아비 신세를 면한다는 기대에 부풀어 입이 함지박만하게 벌어졌다.

봉물짐들은 모두 비밀 창고에 수납되었다. 마부와 금도군관들은 토굴 속에 갇혀 있었다. 소웅이 장서주에게 물었다.

"저놈들을 어찌 할까요?"

"저놈들이야 무슨 죄가 있나. 풀어주도록 하지."

"모르시는 말씀입니다. 저놈들에게 비록 죄가 없을지는 모르지만 그냥 보낼 수는 없습니다. 그러면 반드시 후환이 뒤따릅니다."

"후환이라니?"

"저놈들이 돌아가면 반드시 이 산채의 위치를 일러바칠 것입니다."

"그럼 어쩐다."

"저놈들을 살려둬선 안 됩니다."

두 사람의 대화를 엿듣고 있던 금도군관과 마부들의 얼굴이 사색이 되었다.

소웅이 땡추들에게 눈짓을 하니 토굴 속에 가둬두었던 그들을 끌고 어두운 숲 속으로 들어갔다.

역졸 하나가 마지막까지 안 끌려 가려고 발버둥을 치다가 몽둥이에 머리를 맞아 그 자리에서 즉사하는 광경을 목격하고는 모두 풀기 없이 뒤를 따랐다.

"한라산 참회다!"

높이 쌓은 장작더미 위에 이십여 명의 군관, 마부, 역졸들을 앉히고 땡추 하나가 큰 소리로 말했다.

"이 세상을 하직하면서 남기고 싶은 말은 없느냐?"

"이 잔인한 놈들아, 사람을 죽여도 하필 태워 죽일 게 뭐냐!"

제법 나이가 들어 보이는 군관 하나가 눈을 치뜨고 소리를 질렀다.

"그래야만 극락왕생하기 마련이다."

"죽이려거든 어서 죽여라."

"소원이라면 한시라도 빨리 보내 주마. 곱게 가거라."

한라산 참회를 맡은 땡추가 장작더미 주위에 쌓아놓은 건초에 불을질렀다. 화염이 충천하기도 전에 사람들은 연기에 먼저 질식되어 하나둘 장작더미 위로 쓰러졌다.

이윽고 장작더미에 불길이 옮겨붙었다. 불길은 걷잡을 수 없는 기세로 번져갔다. 혓바닥을 넘실거리면서 하늘 높이 치솟았다. 온 산중에 사람 타는 냄새가 진동하였다.

새벽부터 지칠 줄 모르고 타오르던 불길은 한낮이 되어서야 겨우 사그라들었다.

땡추들은 잿더미를 헤치고 유골을 수습하면서 극락왕생을 비는 독경을 외웠다. 소응이 한라산 참회를 맡은 땡추에게 물었다.

"이번까지 모두 몇 명이나 될까?"

"팔십여 명 좋이 될걸."

"그놈들은 모두 좋은 곳으로 갔겠지."

"그러길 축원해야지."

"나무아미타불 관세음보살……"

소응이 합장을 했다. 옆에서 이를 지켜보고 있던 장서주가 핀잔을 주었다.

"산 사람을 화장시키면서 염불은 무슨 경을 칠 염불이야."

"그거야 엄연히 다르지요. 죽은 다음에야 영혼만 남는 거 아닙니까."

"이렇게 잔악한 방법은 언제부터 썼는가."

"우리가 처음 모여서 도적질을 할 때부터죠. 손쉽게

죽이는 방법을 찾다가……"

"두번 쉬웠다가는 떼로 몰살을 시키겠구만."

장서주가 미간을 찡그렸다. 아무리 땡추들이 잔인무도하다고 할지라도 산 사람을 화장한다는 것은 도저히 용납할 수 없는 짓이었다. 장서주는 이를 묵인하고 있는 환허당을 이해할 수 없었다.

환허당의 속마음을 헤아릴 수 없는 장서주는 그저 답답하기만 했다.

장서주가 산채에 머문지도 서너 달이 지났다. 산채에도 봄기운이 감돌기 시작했다. 골짜기마다 진달래가 지천으로 피어났다.

한양에서는 군사를 대동한 포도군관이 천상궁 일행의 행방을 수소문하기 위해 내려왔다. 소웅은 여색을 탐하느라 시간 가는 줄 모르고 지냈다.

원래 여자라면 사족을 쓰지 못하는 그가 다 늦게 얻은 젊은 궁녀와 겨울을 지낸 뒤로는 이웃마을로 돌아다니면서 유부녀들을 납치해 희롱하고 범하는 것이 하루 일과였다. 화전민의 젊은 아낙들을 업어다가 강제로 겁간하고는 돌려보내지도 않고 그대로 없애 버렸다.

소웅의 파렴치한 행각이 날로 기승을 부리는 것과는 달리 반야는 혈육 한점 없는 적막한 산야에서 스스로를 망각 속에 던져 넣은 채 외로운 나날을 보내고 있었다. 천상궁이 환허당 옆에서 시봉하게 된 이후로는 완전히 낙동강 오리알 신세였다. 마치 망망대해에 홀로 내던져진 듯한 기분이었다. 거의 매일을 고독 속에서 보냈다.

강원 감영에서의 생활도 환허당과의 교류도 이제는 모두 꿈만 같았다. 반야는 눈만 뜨면 산이나 들로 나물이며 약초를 캐러 다녔다. 그것을 유일한 낙으로 삼았다.

반야는 밤 늦도록 잠을 못 이루다가 새벽녘이 되어서야 자리에 들었다. 베개에 얼굴을 파묻고 비단결처럼 매끄러운 잠 속으로 막 빠져 들어가려는데 뭔가 무거운 것이 그녀의 어깨를 짓누르는 것 같았다. 그것은 서서히 반야의 어깨를 압박하여 왔다. 숨이 콱 막혔다.

반야는 그것을 떨쳐 버리려고 하였으나 몸이 말을 듣지 않았다. 캄캄한 어둠 속에서 무력하게 허둥거리는 사이에 무서운 힘이 반야의 가슴을 눌렀다. 역겨운 술냄새가 풍겨왔다. 반야는 깜짝 놀라 눈을 떴다.

"누구냐!"

나지막한 목소리가 방안을 울렸다.

"나요."

"나가 누군데."

"나를 모르겠소?"

"네놈은 소웅이구나."

반야는 심장이 멎는 것 같았다. 소웅의 이글거리는 눈동자가 코앞에 멈춰 있었다. 그의 두툼한 입술이 반야의 입술을 덮쳐 왔다.

"이 발칙한……"

엉겁결에 소리쳤으나 그 말 이외에는 더 할 수 없었다. 소웅의 입술이 반야의 입을 막았기 때문이었다.

반야는 죽을 힘을 다해 발버둥쳤다. 소웅에게 잡힌 얼굴을 돌리려고 안간힘을 썼다. 그러나 역부족이었다.

납덩이처럼 육중한 소웅의 몸집은 반야의 모든 저항을 무력하게 만들었다. 모든 게 끝장이라는 생각이 들었다.

"이 불한당 같은 놈아."

반야의 목소리는 울음 섞인 짐승의 포효처럼 격앙되어 있었다. 산발이 된 머리채는 그녀의 온 얼굴을 덮고 있었다.

반야는 두 손으로 얼굴을 가리고 흐느껴 울었다. 그러나 소웅은 아랑곳하지 않고 자신의 욕심만을 채우기 위해 덤벼들었다. 거칠게 숨을 몰아쉬면서 반야의 몸 구석구석을 샅샅이 훑어 내려갔다.

일을 마친 소웅이 다소 계면쩍은 듯 머리를 긁적거리며 문밖으로 나서려 할 때 장서주의 우렁찬 목소리가 골을 울렸다.

"이 쥐새끼 같은 놈아!"

솥뚜껑만한 장서주의 손이 소웅의 뒷덜미를 낚아챘다.

"네놈이 사람의 탈을 쓰고 어찌 그럴 수 있단 말이냐?"

"뭘 말이오?"

"그래도 이놈이!"

장서주는 소웅의 뒷덜미를 거머쥐고 땅바닥에 패대기를 쳤다. 다시 들어올려 허공을 향해 던졌다. 담장 밖으로 나가 떨어진 소웅은 큰대자로 뻗은 채 움직일 줄 몰랐다.

장서주가 가보니 이미 숨이 끊어진 뒤였다.

"제 버릇 개 못 준다더니…… 그래도 한때는 산채의 주인이었는데 졸개들과 상론한 후에 없앨 걸 그랬나."

장서주는 공연한 걱정을 하면서 환허당에게로 갔다.

무심코 방문을 여니 환허당과 천상궁이 한몸으로 뒤엉켜 비음을 토해내고 있었다.

"허참, 오늘은 별일일세."

장서주가 못 볼 것이라도 본 것처럼 중얼거리며 담을 타고 내려오는데 모퉁이에서 고양이 한 마리가 암내를 풍기면서 짝을 부르고 있었다.

'옳거니, 훗훗한 봄바람에 고양이까지 그것을 그리워하는구나.'

장서주는 득달같이 집으로 달려와 곤히 자고 있는 젊은 상궁을 끌어안았다.

"어머!"

잠결에 놀란 상궁이 눈을 떴다. 장서주는 황급히 상궁의 속곳을 벗겼다. 매끈한 알몸이 어둠 속에서 뽀얗게 드러났다.

장서주도 옷을 벗어 던졌다 거친 숨소리가 이부자리 위를 맴돌았다. 그들에겐 말이 필요없었다.

장서주는 탐스럽게 출렁거리는 상궁의 젖가슴을 두 손으로 받쳐올렸다. 그리고는 수줍은 듯 숨어 있던 두 개의 젖꼭지를 하나씩 부드럽게 깨물었다.

"으음……"

상궁이 깊게 탄식하였다. 그 소리는 그녀의 가슴 저 밑바닥에서 터져나오는 욕망의 울림이었다. 두 사람이 동시에 토해내는 가쁜 호흡이 금방 좁은 이부자리를 뜨겁게 달구어 놓았다.

상궁은 흐트러진 머리채를 위로 감싸 올리며 꿈틀거리

기 시작했다.

장서주는 치켜올린 상궁의 새까만 겨드랑이를 부드럽게 매만졌다. 그의 입술은 그녀가 요동하는 대로 천천히 미끄러져 내려갔다.

상궁은 미친 듯이 바둥거렸다. 그녀의 두 손은 머리채 위로 올라가 베갯잇을 집어뜯을 듯이 허우적거렸다.

장서주의 거친 숨결이 귓볼에 닿자 상궁은 침에 쏘인 듯이 몸을 움츠렸다.

"아아, 서방님……"

상궁의 얼굴은 참을 수 없는 욕정으로 한껏 일그러져 있었다. 그녀의 두 손은 어느샌가 장서주의 등 뒤로 돌아가 상체를 무서운 힘으로 끌어당기고 있었다.

상궁의 뜨거운 입술이 그의 입술을 통째로 덮쳐 왔다. 미끌거리는 그녀의 혓바닥이 입술을 집어 삼키자 장서주는 온몸의 뼈마디가 녹아내리는 기분이었다.

장서주는 더 이상 지체할 수가 없었다. 터질 듯이 부풀어오른 아랫도리를 손으로 움켜쥐고 입구를 더듬었다.

상궁이 장서주의 손을 은밀한 곳으로 잡아 끌었다.

"……어서."

그녀는 헐떡이며 말했다.

장서주의 손이 상궁의 허벅지 안쪽으로 들어갔을때 그곳은 이미 뜨겁게 미끌거리고 있었다. 장서주는 부드러우면서도 강하게 그녀를 눌러갔다.

상궁의 팽팽한 허벅지가 소리없이 열렸다. 넓게 펼쳐진 그녀의 다리가 장서주의 종아리를 휘감아 조여왔다. 그들은 끈적거리는 서로의 육체 속으로 한없이 빠져 들어갔다.

이튿날 아침이 되자 산채가 술렁이기 시작했다. 무참히 살해된 소웅의 시체를 발견한 땡추들은 모두들 야단이었다.

"어느 놈이 우리 두목을 죽였는지 몰라도 기필코 찾아내서 요절을 내버리고 말겠어."

"이건 장서주의 짓이 분명해."

이 산채에서 두목을 당할 자가 환허 스님과 장서주 말고 또 누가 있어. 환허 스님은 아닌 게 확실하고, 그럼 장서주밖에 없잖아?

"장서주가 무슨 이유로 우리 두목을 죽였을까."

"그건 알 바 아니고 우선 두목의 원수부터 갚자 그놈이 일어나기 전에 덮치는 거야."

수십 명의 땡추들이 도끼며 칼이며 창이며 심지어는 몽둥이까지 손에 잡히는 대로 쥐어들고 장서주가 단잠에 빠져있는 집 마당으로 모여들었다.

밖이 소란스럽자 젊은 상궁이 곤히 잠든 장서주를 흔들어 깨웠다.

"서방님, 어서 일어나 보세요. 지금 밖에 야단들이에요."

"무슨 일인데 그래?"

장서주가 눈을 비비며 자리에서 몸을 일으키는데 문짝 부서지는 소리가 요란하게 나며 땡추들이 쏟아져 들어왔다.

궁녀의 얼굴이 샛노래졌다.

"염려 마시오. 저런 조무래기들은 몇천 명이 몰려와도

겁나지 않소."

장서주는 방문을 타넘어 들어오는 땡추 가운데 가장 덩치가 큰 놈의 멱살을 잡아서 높이 치켜들고 뒤따라 들어오는 놈에게 힘껏 던졌다.

두 놈이 서로 이마를 부딪히며 바닥으로 뒹굴었다. 머리가 깨졌는지 피가 몽글몽글 솟았다. 계속해서 들어오는 놈들을 땅바닥에 메다꽂으니 모두가 한결같이 오뉴월 큰길가 우차에 치어죽은 개구리마냥 사지를 쭉 뻗고 누워버렸다. 입에서는 붉은 선혈을 토하면서.

식전 댓바람부터 삼십여 명의 땡추들을 해치우고 나니 몸이 날아갈 듯 가뿐하였다.

"이게 무슨 상서롭지 못한 짓인가."

한바탕 소동이 산채를 휩쓸고 간 뒤 늦잠에서 깬 환허당이 밖으로 나오다가 장서주의 집 마당에 즐비하게 누워 있는 땡추들의 시체를 발견하고는 역정을 냈다.

"제 불찰입니다. 진작 큰스님께 고해야 하는 것을. 간밤에 소웅이란 놈이 반야를 겁간하였기에 그놈을 패대기쳐서 죽였더니 땡추놈들이 복수를 한답시고 덤벼들어서 어쩔 수 없이 해치우게 되었습니다."

"그렇게 계집을 밝히더니 기여코 제 갈 길을 가고야 말았구나."

"스님 말씀마따나 제 갈 길로 가는 게 세상 이치 아니겠습니까."

"암, 그렇지. 자네가 갈 길은 어딘가?"

"우선 이 산채를 떠나야겠지요."

환허당이 고개를 끄덕였다.

장서주는 허무한 생각이 들었다. 서로 의지하고 살아
볼까 했는데 막상 이 지경이 되어 산채를 떠나려고 하니
마음이 착찹하였다.

"반야는 어찌 되었는가."

"방금 전에 찾아가 보았더니 흔적도 없이 사라져 버렸
습니다."

"어디로 갔을까."

"자결하였는지도 모르지요."

"설마 그랬을라구."

"그거야 알 수 없는 노릇이지요."

"저 시신들은 어쩔 셈인가."

"글쎄요."

"마지막 가는 길이나마 편히 가도록 해줘야지. 시신들
을 한데 모아 화장을 시켜 주게."

"화장이 잘 되면 저들도 극락왕생할까요?"

"다음 세상에서는 부디 선한 인간으로 태어나길 빌어
야지."

　환허당이 합장을 했다.

"어쨌든 수타사 땡추의 씨를 말렸으니 자네는 강원 감
사한테 치사받게 생겼네."

"그깟놈의 치사는 받아 무엇합니까."

"그래도 강원 감영을 찾아가 보게."

"스님께서 못 하시는 말씀이 없습니다."

"계집들은 어찌 할려나."

"좋다면 거두고 싫다면 가라고 해야지요."

"피와 살을 나눈다는 것이 어디 보통 인연인가."

"그 동안 정이 들긴 했습니다."

"정든 계집을 버리는 게 쉽겠나."

"난감하긴 합니다만 길에 불편할 것 같습니다."

"하긴 그렇지."

"스님께선 어디로 가시렵니까."

"나같은 운수야 어디 목적지를 정해놓고 다니나."

"제가 스님을 모시면 안 될까요?"

"그럴 것 없네. 이왕 출가무승하였으니 구월산 패염사의 상월노사를 찾아가게. 내 몇 자 적어줌세. 그러면 상월 스님이 잘 지도해 주실걸세."

"스님께서는요?"

"나는 남방으로 가기로 작정을 하였으니 후일 묘향산으로 들어갈 때 다시 만나기로 하세."

땡추들의 시신을 수습한 두 사람은 회한과 아쉬움으로 산채와 하직하였다.

여자들을 먼저 떠나보내고 한해 겨울을 지냈던 산채를 내려오려고 하니 발걸음이 무거웠다.

"범소유상이 개시허망이니라."

"그것이 무슨 말씀입니까?"

"반야경의 사구계인데 모든 살아 있는 것들의 형상은 모두가 허망하다는 뜻일세."

"스님과 저와의 관계도 너무 허망한 것 같습니다."

"그런 법이지. 세상에 허망하지 않은 것이 어디 있는가."

"그렇겠지요."

"저 마을을 내려다보게."

"참 아름다운 마을입니다."

"아름다움이 아니라 인간이 만든 것들에 대해 이야기하려 함일세. 이렇게 높은 데서 내려다보면 얼마나 하찮은가. 그저 개미집 정도지. 비가 오면 떠내려 갈 수도 있고."

"거 참 크신 말씀이군요."

"영웅 호걸도 마찬가지야."

"왜요?"

"영웅 호걸이면 무얼 하겠나. 염라대왕 앞에선 모두 무릎을 꿇어야 하는 것을."

"종당엔 영웅 호걸도 없어진다는 말씀인가요."

"그렇지."

"개시허망 올시다."

"맞는 말일세."

"스님, 바랑을 제가 잠시 져 드리겠습니다."

"좋을 대로 하게나."

그 동안 환허당은 상월노사에게 갈 서찰을 한통 써서 장서주에게 주었다.

"아무쪼록 잘 도착해서 공부 열심히 하게."

"분부대로 거행하겠습니다."

"술과 계집을 조심하고 언행에 각별히 주의하게."

"명심하겠습니다."

북한강이 멀리 바라다보이는 곳까지 와서야 두 사람은 헤어졌다. 강 하류를 향해 걸어가는 환허당의 뒷모습을 바라보며 장서주는 합장을 했다.

장서주의 분노

　장서주가 강원도 이천땅에 다다른 것은 저녁 무렵이었다. 저녁때가 가까워오자 몹시 시장하였다.
　장서주는 엽전 몇푼을 주고 길가 주막에서 막걸리 한 말을 사서 마셨다.
　"스님께선 술을 삼가라고 하셨지만 배도 고프고 목도 컬컬해서 견딜 수 없는걸."
하고 중얼거리며 한말의 술을 단숨에 들이켰다. 술을 마시고 나니 졸음이 쏟아졌다.
　장서주는 사방을 두리번거리다가 강가에 서 있는 크고 화려한 정자를 발견했다.
　'마침 잘 됐다. 저곳에서 좀 드러누워 자야겠다.'
　장서주는 취기로 인해 휘청거리는 몸을 간신히 가누면

서 정자로 올라가 네 활개를 뻗고 누웠다. 얼마쯤 자다
보니 옆에서 누군가 입엣소리로 무엇인가를 중얼거렸다.

"각항저방심기미 두우녀허위실벽 규루위로될최삼 정기
유성장익진……"

처음엔 천천히 외우다가 나중엔 그 속도가 빨라졌다.

좀전에 외웠던 이십팔숙을 이번엔 거꾸로 읊조렸다.
그래도 장서주의 키가 줄어들지 않자 선비는 고개를 갸
우뚱거렸다.

이천읍내에 사는 그 선비는 장서주와 같은 정자 안에
서 잠을 자다가 깨어보니 키는 구척에 몸집은 집채만한
위인이 코를 골고 있는지라 틀림없이 도깨비라고 지레
짐작을 했던 것이다.

속설에 의하면, 도깨비는 사람이 이십팔숙을 외우게
되면 처음엔 따라 하다가 거꾸로 읽을 무렵에는 따라 외
우지 못하고 키가 작아져서 없어진다고 했다. 선비는 정
신이 번쩍 들었다.

'세상에 저렇게 거대한 인간도 다 있나. 저놈은 어쩌
면 인간이 아닐지도 모른다. 어쨌든 이천 현감에게 고해
서 병력을 풀어 잡아들이라고 해야겠다.'

선비는 벌떡 일어나 정자 밖으로 나왔다. 밖에 나와서
다시 한번 바라보니 어마어마한 인간이었다.

'저놈이 혹시 자다가 일어나서 쫓아오지는 않을까.'
하고 걱정도 됐으나 그 거대한 인간은 일어나기는커녕
코만 드르렁드르렁 골고 있었다.

"도깨비 같이 생긴 놈이 지금 정자 안에서 자고 있습
니다. 혹시 흉악한 도적이 아닌지 모르겠습니다."

선비는 이천 현감을 만나자 호들갑을 떨었다.

현감이 포졸 백여 명을 친히 영솔하여 정자 앞에 와서 보니 과연 장한이었다. 포졸 수십 명이 달려들어 열겹 스무겹 오라를 지워서 현청으로 끌고 왔다. 장서주는 그제서야 술이 깨는 모양이었다.

"어, 여기가 대체 어디야?"

주위를 두리번거리자 이천 현감의 추상같은 호령이 떨어졌다.

"네놈이 수타사 땡초들의 두목 노릇을 하던 장서주가 분명하렷다!"

"그렇다."

"이 흉악한 도적놈이 뉘 앞이라고 함부로 입을 놀리느냐."

"내 맘이다."

"저놈을 당장 형틀에 매달아 되게 쳐라."

포졸들이 장서주를 형틀에 달았다. 꽁꽁 묶인 장서주는 치도곤을 맞았다. 보통 사람 같았으면 뼈가 으스러졌을 것인데도 장서주는 태연했다.

"이가 무는 모양이다. 근질근질해서 죽겠다."

"네놈이 힘자랑을 하나 본데 어디 두고 보자."

매를 치던 점장사령이 화가 머리끝까지 치밀어 젖먹던 힘까지 다해 내리쳤으나 장서주는 끄떡도 하지 않았다.

그 때 현감이 다시 호령하였다.

"저놈에게 포락을 가해라."

포락이란 단근질을 말함이었다. 압술이나 포락은 중죄인이 아니면 사용치 않는 형벌이었다.

장서주는 처음엔 포락이 무슨 말인지 몰라 어리둥절했으나, 단근질 기구가 갖추어지고서야 비로소 알아 차리고는 끄응, 하고 용을 썼다. 두어 번 용을 쓰자 겹겹이 묶여 있던 오랏줄이 토막토막 끊어졌다.

전후좌우에서 군노 사령들이 창과 칼을 겨누며 덤벼들었다. 앞서 오는 군노 하나를 한 손으로 번쩍 치켜들고 그것을 몽둥이 삼아 냅다 휘두르니 덤벼들던 군노 사령들이 사방으로 흩어졌다.

그 틈을 타서 장서주는 동헌마루 한귀퉁이를 붙잡았다. 그 마루는 용마루와 대들보에 연결되어 있어서 장서주가 두 손으로 마루 한옆을 잡고 거꾸로 뒤집으니 동헌 지붕에 얹힌 기와가 와르르 쏟아져 내렸다.

마루 위에서 거드름을 피우던 이천 현감을 비롯하여 댓돌 위에 서 있던 이방, 형방, 공방, 병방이 혼비백산하여 이리 뛰고 저리 뛰었다. 군노사령들은 대경실색하여 도망치기에 바빴다.

"잠자는 범을 건드리면 화가 미치는 법이야."

장서주가 현청을 둘러엎고 나오는 데도 누구 하나 그를 제지하는 사람이 없었다.

한바탕 난동을 부린 장서주는 사흘 후 청석골을 지나게 되었다. 그 날따라 금교역말 장날이라 청석골 두목들이 탑고개로 쏟아져 나왔다.

기돌쇠를 비롯하여 이날치, 박포, 새로 입당한 최오돌까지 탑고개를 지키고 있었다. 장서주가 술이 거나하여 고갯마루에 올라서니 난데없는 표창 하나가 팔목에 와서 박혔다. 숲길 옆을 바라보니 이상한 병장기를 든 도적들이 서 있었다.

기돌쇠는 표창, 박포는 쇠도리깨, 최오돌은 장창, 이날 치는 장검, 서로 다른 병장기를 들고 장서주를 응시하고 있었다.

장서주도 그들을 마주 바라보다가 웃음을 터뜨렸다. 그러자 또 표창 한 개가 날아오니 어깨 깊숙이 박혔다. 어깨가 뜨끔했다.

장서주는 분통이 터졌다. 사방을 둘러봐도 잡을 것이라곤 없었다. 장서주는 바로 눈앞에 서 있는 박달나무를 부둥켜 안았다. 한아름은 충분히 되는 그 나무를 송두리째 뽑아들었다.

"어느 놈이 내 어깨를 찔렀느냐!"

장서주가 뽑혀진 나무를 작대기 다루듯 휘두르며 달려들었다.

"장사의 존함이 어떻게 되시오?"

청석골 패거리들이 동시에 소리쳐 물었다.

"남의 이름은 알아 무엇하게."

"혹시 땡추 두목 장서주가 아니시오?"

기돌쇠가 앞으로 나서며 물었다.

"내 이름이 장서주요."

장서주가 나무를 바닥에 내려놓으며 느릿느릿 대답했다.

"이거 죄송하게 됐소이다. 장사의 소문은 익히 들었소. 엊그제 마침 이천 쪽으로 내려갔던 아이들이 장사의 소식을 가지고 왔었는데 여기서 이렇게 만날 줄 누가 알았겠소."

기돌쇠가 떠들었다.

"거, 무슨 기운이 그렇게 세우. 아마도 우리 꺽정 형님 만큼이나 센가 보우."

말수가 적은 박포까지도 나서서 장서주의 큰 키를 우러러 보았다.

"오늘은 일찌감치 벌이를 마치고 손님과 함께 산채로 들어갑시다."

최오돌의 말에 모두들 찬성을 하였다.

"나는 지금 구월사 능로 상월노사를 찾아가는 길이라 한없이 노닥거릴 수는 없소이다."

장서주가 반가워하는 기색이 없자 이날치가 투덜댔다.

"여보시오, 초록은 동색이랬다구 형장이 예뻐서 우리가 청했는 줄 아시오. 형장의 힘이 천하 막강이기에 영웅을 알아본 것이지."

"그러면 하룻밤 쉬어 갑시다."

"오늘은 훌륭한 뜨내기를 잡았으니 우리 큰 잔치를 벌입시다."

"뜨내기란 뭐요?"

"존형과 같이 떠돌아 다니는 손을 우리는 뜨내기라고 부르오."

"못하는 소리가 없구려."

그날 밤 청석골에는 큰 잔치가 벌어졌다.

"이건 대체 무슨 술인지 기막히게 독하군."

장서주가 얼굴을 찡그리며 말했다.

"그건 호골주요, 이 세상에 드문 술이지요."

서림이 호골주 담그던 전후의 이야기를 자랑스럽게 늘

어놓았다.

"거 요새는 호랑이가 나오지 않소?"

"왜 잡아서 호골주 담그려고?"

"글쎄요."

"호골주보다 호피가 더 멋있지."

그러고 보니 두목들이 깔고 앉은 것이 전부 호피였다.

"호피가 무척 많소이다."

"서른석 장이오."

"그렇소?"

"먼저 왔던 백호 얘기를 빼먹었구만. 그놈까지 합쳐서
서른세 마리였소."

"대단했겠구려."

"이르다뿐인가, 천지가 개벽하는 줄 알았다니까."

서림이 술병을 들어 장서주의 빈 잔에 채웠다.

"여기 있다 보면 별 희한한 일들을 다 겪게 된다오. 세
월 가는 걸 잊어 먹을 정도지. 이왕이면 장사도 우리와
함께 여기서 지냈으면 싶은데."

"내 환허 스님과 약조한 것도 있고 하니 한동안 선가
에서 수도를 하여 좀더 생각을 높인 다음, 그 때 다시
찾아오리다."

"스님이고 약조고 뭐고 간에 우리 여기서 함께 지냅시
다."

박포가 간곡히 청하였다.

"세상 일이란 게 한치 앞도 내다볼 수 없는 거 아니오.
내가 여러분 힘을 빌릴 날이 있을지 여러분이 내 힘을
빌릴 날이 있을지 모르는 것이오."

장서주는 여러 두목들이 한사코 말리는 것을 뿌리치고 청석골을 떠났다. 서림은 상목 다섯 필을 보따리에 싸주었다.

"가는 길에 노자로 보태 쓰시오."

"이런 건 필요없습니다. 정 궁하면 뜨내기라도 하나 털면 되잖습니까."

장서주가 껄껄 웃었다.

청석골 패들과 작별을 한 장서주는 구월산을 향했다. 패염사에 당도하여 가지고 온 서찰을 상월노사에게 전하니 노사가 반갑게 맞았다.

그 날부터 장서주는 패염사의 하기안거에 입참하였다. 새벽 세 시면 일어나 세수를 하고 을연에 앉아 참선을 하는 것이 하루 일과의 전부였다.

산문에 든지 십여 일이 지나자 장서주는 갑갑증이 나서 죽을 지경이었다. 본디 선방에서는 가래침조차 함부로 뱉지 못하는 법인데 장서주는 함부로 코를 풀어댈 뿐만 아니라 법당 모퉁이나 수각거리를 가리지 않고 오줌까지 싸는 것이었다.

"소승들이 뭐라고 했습니까. 흉상이라고 모두 반대하지 않았습니까. 이게 무슨 꼴입니까."

여러 중들이 상월노사에게 몰려와 따졌다.

"괜찮다. 너희보다는 득도할 날이 빠를 것이다."

조실 스님인 상월노사는 극력 장서주를 두둔하였다.

그런 어느 날 밤, 나한전에 불이 났다. 장서주가 나한전에 들어가서 나한들을 모조리 끌어내린 다음 뒤를 보고는 수습하기가 귀찮아지자 불을 질렀던 것이다.

온 산중이 발칵 뒤집혔다. 모든 중들이 동원되어 진화에 나섰으나 나한전은 전소되고 말았다.

여러 달에 걸친 공사 끝에 겨우 나한전이 완성되었다. 그러나 어디서 불상쟁이라도 구해 와야 할 터인데 당장 구하기도 어려운 형편이었다.

나한상을 조각치 못하여 나한전이 텅 비어 있는데, 어디서 구했는지 장서주가 큰 박달나무 토막 열여섯 개를 짊어지고 산문으로 들어왔다.

장서주는 매일매일 나한상과 씨름하였다. 저녁때가 되면 나한상이 한 개씩 완성되었다. 제법 묘하고 아름다운 나한상이었다.

한 개의 나한상이 완성될 때마다 장서주는 긴 지팡이로 나한의 머리통을 두들겼다.

"못 오르겠느냐!"

장서주가 호령하면 나한은 불탁 위로 껑충 뛰어올라앉았다.

맨 처음 이 광경을 목격한 사람은 밥을 짓는 공양주였다. 공양주는 이 소문을 산문에 퍼뜨렸다.

이튿날부터 수좌들이 나한전으로 몰려들었다. 저녁이 되면 어김없이 나한상이 완성되었고, 막대기로 머리를 치자 불탁 위로 뛰어올랐다.

"장서주가 보통 위인은 넘는 것 같아."

"외모만 보고는 알 수 없다니까."

"환허 스님 밑에서 도를 닦았다잖아."

"글쎄, 두고 봐야지."

나한전 앞에 모인 중들은 저희들끼리 쑥덕거렸다.

여름 안거가 거의 끝나가고 있었다. 구십 일 동안 무사히 안거 생활을 마치게 되면 중들은 또 다른 곳을 찾아 떠나기도 하고 그곳에 머물기도 했다.

며칠 후면 여름 안거가 끝나는데 그 새를 참지 못하고 장서주는 산문을 벗어났다. 목이 컬컬하여 참을 수가 없었다. 장서주는 어슬렁어슬렁 동구밖에 있는 술집으로 갔다.

"술 한잔 주시오."

"스님들한테는 술을 팔지 않습니다."

"돈을 못 받을까 봐 그러시오?"

"아닙니다."

"그러면 무슨 까닭이오."

"스님들께 술을 팔았다가는 우리가 여기서 장사를 못해 먹습니다."

"그건 또 왜 그렇소?"

"다 아시면서."

"정말 모르오."

"패염사 노장로님께서 엄한 분부를 내렸답니다."

"나는 패염사 중이 아니오."

"그럼 한 잔만 하고 가십시오."

한 잔만 마신다는 것이 몇 잔이 되었는지 장서주는 제대로 몸을 가눌 수가 없었다.

"이제야 겨우 술 먹은 것 같네."

비틀거리면서 산길을 더듬어 올라갔다. 밤이 이슥하였는데도 훈훈한 술기운이 온몸에 휘돌아서 힘을 주체할 수가 없었다.

패염사에 거의 이르자 물레방아 도는 소리가 들렸다. 그 물레방앗간에는 불목하니가 살고 있었다. 불목하니는 이미 나이가 오십이 넘은 중늙은이였는데 삼십을 바라보는 젊은 계집을 데리고 살고 있었다.

두 내외의 나이 차이가 많다 보니 다툼이 잦았다. 희끄무레한 계집은 건장한 중들에게 마음을 두고 있는 눈치였다.

장서주에게도 벌써 여러 번 이상 야릇한 눈짓을 보냈었다. 술에 만취한 장서주가 방앗간 근처를 지나노라니 계집과 사내가 다투는 소리가 들려 왔다.

"이놈이 이제는 사람을 친다."

"곱게 자빠져서 주는 밥이나 처먹고 있을 것이지 젊은 중놈들에게 꼬리는 왜 치는 거야."

"갈라서자는데 웬 잔말이야."

"그래도 이년이……"

사내가 계집을 두드려 잡는지 계집은 연신 비명을 질렀다. 나중에는 사람 살리라고 고함까지 쳤다.

장서주는 득달같이 방앗간으로 뛰어들었다. 문을 박차고 방으로 들어서니, 계집은 엉금엉금 방바닥을 기고 있고 사내는 흥분하여 발길질을 퍼붓고 있었다.

"이놈, 멈추지 못할까!"

장서주가 눈을 부라렸다.

"무슨 상관이오. 남의 집안 싸움에."

"뭐라구!"

장서주가 불목하니의 상투를 잡아 밖으로 내던졌다. 마당에 고꾸라진 불목하니는 꼼짝도 하지 않았다. 아마도 혼절한 모양이었다.

장서주는 계집을 추스려서 어렵지 않게 품었다. 계집도 젊고 기운이 넘치는 장서주를 마다할 이유가 없었다.

계집을 품고 드러누워 한바탕 재간을 피우고 나니 마셨던 술이 깨면서 오한이 났다.

"밖에 좀 나가봐요."

계집이 근심 섞인 목소리로 말했다.

"왜?"

"혹시 죽었으면 큰일이잖아요."

"그럼 나하고 살지 무슨 걱정이야."

"살 때 살더라도 왜 걱정이 안 되겠어요."

"알았어."

장서주가 방문을 열고 나서려는데 도끼가 이마를 향해 날아왔다. 불목하니였다.

장서주는 가볍게 피하며 도끼 자루를 잡아챘다. 한번 쥐고 흔드니 불목하니의 손에서 도끼 자루가 떨어졌다. 장서주는 도끼를 고쳐 잡고 불목하니를 향해 내려쳤다. 소리조차 제대로 지르지 못하고 그 자리에 쓰러졌다. 방안에서 뛰어나온 계집이 입을 딱 벌렸다.

"왜 무서운가?"

"끔찍해요."

"자네 서방 아닌가."

"뉘서방이건 간에 빨리 치워요."

"어디다?"

"내다 묻어요."

"그럴까."

장서주는 불목하니를 산 속에 파묻었다. 파묻고 다시 방앗간으로 돌아와 계집을 끼고 누우니 마음은 더욱 태평이었다. 계집은 계집대로 근심거리를 덜었으므로 서로를 마음껏 희롱하였다.

단산에 봉황이 넘나들고 녹수에 원앙이 희롱하듯이 이날 밤 구월산의 달빛도 장서주와 계집의 희롱을 엿보느라 희미하였다. 장서주는 평생에 이렇듯 흐뭇하고 기걸차고 살집 좋은 계집은 처음이었다.

이튿날 패엽사에 한바탕 소동이 인 것은 두말 할 나위도 없었다. 장서주의 모습이 보이지 않았을 뿐만 아니라 불목하니마저 행적이 묘연했기 때문이었다.

먼동이 터오자 장서주는 계집을 보고 물었다.

"이제 어떻게 할려나?"

"당신 하자는 대로 따르겠어요."

"죽으라면 죽을려나."

"죽는 시늉이야 못하겠어요."

계집이 아양을 떨었다. 장서주는 한번 더 계집을 끌어안았다.

해가 중천에 걸렸을 즈음 장서주는 산문을 향해 올라왔다. 산문 앞에 당도하니 문지기가 문을 모조리 닫아걸고는 열어주지 않았다.

"문을 열지 않으면 내가 부수고 들어갈 테다."

장서주는 화가 머리끝까지 나서 버럭 소리를 질렀다. 그러나 수십 명이 합세하여 산문을 개방하지 않았다. 파계승은 산문에 발을 들여놓을 수 없다는 것이었다.

장서주가 힐끗 쳐다보니 금강신장상과 사천왕상이 눈

을 흘기며 자신을 노려보고 있었다.

"이놈들, 내 주먹맛 좀 봐라."

장서주가 금강신장을 주먹으로 내려치니 그 육중한 금강신장과 사천왕상이 산산이 부서져 내렸다. 안에서 이 광경을 지켜보고 있던 중들은 더욱 굳게 문을 닫았다.

"내가 이 산문을 부수고 들어가는 날엔 한 놈도 무사하지 못할 줄 알아라."

장서주가 노발대발하여 소리치자, 형세가 위급하게 돌아가고 있음을 느낀 중들이 상월노사에게 알렸다.

"네 이놈, 이게 무슨 짓이냐."

백발을 휘날리며 나타난 상월노사가 장서주를 크게 꾸짖었다.

"저놈들이 산문을 열어주지 않기에 그만……."

"아직 술기운이 남아 있는 것 같으니 가서 쉬어라."

"송구스럽습니다."

장서주가 상월노사에게 큰절을 올리고 물러나와 골방에 틀어박혀 잠을 자고 있을 때, 대웅전에서는 공사가 열렸다. 중들이 한결같이 입을 모아 장서주를 산문에서 추방할 것을 결의하는데 상월노사가 나섰다.

"너희보다 훨씬 대기대용한 사람을 그렇게 함부로 다루지 말아라. 살인과 음주와 음행의 세 가지 계행을 범했다 하나 그는 아직도 순진하다. 너희들이 진심내는 것보다는 그의 순진이 얼마나 높으냐. 좀더 두고 보자."

상월노사의 간곡한 훈계와 만류로 공사에서는 다시 장서주의 죄를 사하기로 결정하였다. 장서주에겐 불목하니를 대신 해 나무를 해오는 소임이 맡겨졌다.

장서주는 매일 산에 오르는 것이 귀찮았다. 하루는 백여 그루의 나무를 뽑아놓고 여러 차례에 걸쳐 그것을 절로 운반했다. 중들은 또 한번 혀를 내두르지 않을 수 없었다.

비록 산문에 다시 수용함을 얻었다 하나 한번 맛들인 계집을 그냥 둘 수는 없었다. 밤이 깊으면 장서주는 몰래 담을 넘어서 물레방앗간에 다녀오곤 하였다. 계집은 이제 장서주 없이는 살 수 없다며 콧소리를 냈다.

도둑고양이처럼 물레방앗간에 숨어든 다음 날이면 장서주는 더 열심히 나무를 해다 날랐다.

그 날도 아침 나절에 벌써 나무를 한 짐 해다가 절간에 부려놓고 다시 산으로 올라갔다. 해가 중천에 걸려 있었다.

장서주는 점심이나 얻어 먹을까 하고 홍련암에 들렀다. 암자는 조용했다. 평소 십여 명의 여승들이 기거하는 곳인데 한 사람도 눈에 띄지 않았다. 방문을 열고 들여다보니 십팔구 세쯤 되어 보이는 비구니가 홀로 앉아 경을 읽고 있었다. 그 모습이 어찌나 고운지 장서주는 가슴이 뜨끔하였다.

"스님들은 모두 어디 갔소?"

"큰절에 가셨어요."

"그래서 혼자 암자를 지키고 있는 게요."

"네."

"무섭지 않소?"

"뭐가 무서워요."

비구니가 해쭉 웃었다. 불탁에서는 부처님이 지그시

두 사람을 내려다보고 있었다.

"이보시오."

장서주가 목소리를 낮추어 비구니를 불렀다.

"왜 그러세요."

"시집 가고 싶지 않소."

"별 해괴한 말씀을 다하십니다."

"여자는 시집가고 남자는 장가가는 게 당연한 일이거늘 왜 그렇게 유난을 떠시오."

"난 모르겠어요."

비구니가 고개를 돌리며 얼굴을 붉혔다.

"모르니까 한번 가르쳐 줄까."

장서주가 무릎 걸음으로 다가가니 비구니는 피하지 않고 그 자리에 앉아 있었다. 장서주는 은근 슬쩍 비구니를 끌어안았다.

"아이."

비구니는 약간의 앙탈을 부렸을 뿐 장서주의 손길을 거부하지 않았다. 장서주는 떨리는 손으로 비구니의 장삼 고름을 풀었다.

"난 몰라요."

"모르니까 가르쳐 준다잖은가."

비구니가 고운 이를 드러내고 웃었다. 한낮이 기운 여승 암자에서 장서주는 비구니를 품에 안고 뒹굴었다. 비구니가 고통을 참지 못해 발버둥을 쳤다.

"잠깐만 참아."

장서주가 귓속말로 속삭였다.

천하장사인 장서주는 여자를 품더라도 한번으로는 도

저히 만족할 수가 없었다. 연거푸 비구니를 괴롭혔다. 벌써 한식경을 그 장난이었다.

참기 힘든 고통 때문에 비구니는 이제 그 장서주가 가줬으면 하고 바라고 있었다. 그런데도 장서주는 좀처럼 물러가지 않고 직신직신 제 욕심을 채우고 있었다.

장서주가 또 한번 그 짓거리를 시작하려는데 밖에서 사람들의 발소리가 요란하게 들렸다. 홍련암 여승들이 패염사 젊은 중들을 이끌고 몰려오는 중이었다.

장서주는 옷도 제대로 챙겨 입지 못한 채 뒷문을 열고 걸음아 나 살려라, 산으로 도망을 쳤다.

무작정 산길을 따라 얼마쯤 달음박질쳤을까, 가쁜 숨을 몰아쉬다가 이제는 갈 곳이 없다는 생각을 했다. 가슴 한 켠이 텅 비어오는 것을 느꼈다. 무엇을 잃어버린 것처럼 허전했다. 아마도 상월노사에 대한 송구스런 마음 때문일 것이다.

문득 환허당이 떠올랐다. 지금쯤 어디 계실까? 남방으로 가셨다가 묘향산 보현사로 드신다고 했는데, 어쩌면 묘향산에 계실지도 모르지. 나도 묘향산으로나 가볼까.

장서주는 북으로 난 길을 걷기 시작했다. 우뚝 솟은 산봉우리를 넘고 몇 구비의 산허리를 휘돌아 나가자 들판이 나타났다. 들판이 끝나는 곳에는 야트막한 야산이 엎드려 있었다. 그 산모퉁이로 십여 호쯤 되는 큰 기와집들이 옹기종기 모여 있었다.

해는 저물어 오고 해서 장서주는 그중 제일 큰집으로 찾아들었다.

"지나가는 길손이온데 하룻밤 묵어가게 해 주십시오."

"우리 집엔 오늘 밤 큰일이 있어 곤란합니다."

"큰일이라니 무슨 일인데 그러십니까?"

"여기서 어물거리다가는 목숨이 위태할 테니 어서 빨리 가시오."

장서주는 목숨이 위태하다는 말에 호기심이 발동했다.

"그런 걱정 말고 하룻밤만 드새고 갑시다."

"정 그러시다면 사랑으로 드시지요."

장서주가 사랑으로 들어가 한참을 앉아 있자니 아까의 그 중년 노인이 장죽을 물고 나왔다. 뒤이어 계집아이가 술을 곁들인 간단한 저녁상을 차려서 내왔다.

"나는 이 행화촌에 삼대째 살고 있는 박 진사라 하오. 변변치 않은 음식이지만 많이 드시오."

"원, 별말씀을. 헌데 쥔장께서는 무슨 근심거리라도 있으십니까?"

"뭐, 별근심은 없소이다."

"무슨 일인지 제가 알 수 없겠습니까. 혹 제가 도울 수만 있다면 힘이 되어 드리겠습니다."

박 진사는 긴 한숨을 내쉬었다.

"내겐 도화라는 과년한 딸이 하나 있는데, 어느날 구월산 뒷골에 사는 왕발이라는 도적 두목이 찾아와서는 다짜고짜 딸을 달라는 거요. 처음엔 거절했지요. 그랬더니 하루가 멀다 하고 찾아와서는 행패를 부리는 거요. 나중엔 딸을 내놓지 않으면 우리 가족을 몰살시키겠다고 협박까지 합디다. 할 수 없이 승락을 하고 말았소. 오늘이 바로 딸년과 왕발이가 성례하는 날이라오."

"그런 일이라면 이 사람에게 맡기십시오. 비록 재주는

없다 하여도 그만한 일은 넉넉히 감당해 낼 터이니."

"그놈이 누구의 말을 듣는 놈이래야 말이지요."

"말을 듣지 않으면 듣도록 만들어야지요."

"무슨 좋은 수라도 있습니까."

"제가 패염사의 상월노사에게 도술을 배워 그만한 일쯤은 말로라도 뒤집어 놓을 수 있습니다."

"글쎄요. 뒷탈이나 없었으면 좋겠습니다만."

"아무 염려 마십시오. 그 왕발이란 놈은 언제쯤 이리로 옵니까."

"밤이 이슥해야 올 것입니다. 부하가 백 명이나 되는데, 부하들도 상당수 데리고 올 것입니다."

"그깟 조무래기들 떼거지로 몰려 온다 한들 눈 하나 깜짝하지 않습니다. 박 진사께서는 저만 믿으십시오."

"제발 아무 탈이 없도록만 해 주십시오."

"따님은 어딨습니까?"

"일가 되는 집에 숨겨 두었습니다."

"잘 됐습니다. 그럼 제가 따님 대신 신방에 들어가 있겠습니다."

"좋을 대로 하십시오."

"어느 방이 신방입니까?"

"후원 초당에 있는 넓은 방입니다."

"그럼, 이만."

장서주는 후원에 있는 신방으로 들어갔다. 신방에서는 그윽한 향내가 물씬 풍겼다. 원앙금침이 포근히 깔렸고 촛불이 가물거렸다.

장서주는 뜻 모를 미소를 입가에 흘렸다.

'이놈, 들어오기만 해봐라.'

잔뜩 벼르면서 장서주는 입고 있던 옷을 홀렁 벗어 던졌다. 아무것도 걸치지 않고 비단 금침 위에 반듯이 누우니 비단의 감촉이 살에 와 닿았다. 보들보들한 게 그만이었다.

'비단이란 게 꼭 계집 살과 비슷하구나. 그런데 이놈은 왜 빨리 오지 않는 거야?'

장서주는 갑갑증이 나서 소반 위에 놓인 곶감, 대추, 떡, 사과, 배 등 손에 잡히는 대로 먹어치웠다. 소반 위의 음식이 다 떨어졌는데도 왕발이란 놈은 나타나지 않았다.

"여보시오."

장서주가 주인을 불렀다. 하도 음성이 커서 박 진사는 초풍하여 달려왔다.

"아직 올 때가 멀었습니까?"

"좀더 있어야 올 것 같소."

"심심해서 미치겠습니다."

"소반 위에 뭐 자실 것 없습디까?"

"벌써 다 먹어치웠는걸요."

"저런, 그 많은 것을."

"간에 기별두 없소이다."

"그럼 잡수실 것 더 갖다 드려야지."

박 진사는 아랫채로 가서 음식을 한상 차려 가지고는 초당으로 올라왔다.

장서주는 허겁지겁 배를 채우고 나서 트림을 한번 한 다음 촛불을 껐다. 어둠 속에서 한식경을 기다렸는데도 소식이 없더니 밖에서 왁지지껄 사람들 떠드는 소리가 났다.

왕발은 백마를 타고 부하 오십여 명의 호위를 받으며 행화촌으로 내려왔다.

박 진사가 대문 앞에서 왕발을 맞이하였다.

"왜 신부가 나와서 맞이하지 않는 거요?"

"그 애가 부끄럽다고 나오지를 아니합니다."

"부끄럽기는…… 그럼 내가 얼른 신방으로 들어가 봐야지."

왕발은 부하들을 밖에 파수케 하고 서둘러 신방으로 향했다. 성큼성큼 마루 위로 올라선 왕발은 숨을 한번 들이마시고는 방문을 열었다.

방안은 캄캄하여 한치 앞도 분별할 수가 없었다. 왕발은 방안으로 들어서며 손을 앞으로 뻗어 신부가 있을 법한 곳을 더듬었다.

몇 발자국 앞으로 나아가자 비단 이불 위에서 무엇이 뭉클하고 만져졌다. 이 때를 놓치지 않고 장서주가 그 큰 주먹을 들어 왕발의 면상을 후려치니 입에서 피가 콸콸 쏟아졌다.

"이놈아, 내가 신부다. 나하고 같이 자자."

어둠 속에서 장서주가 달려들어 주먹으로 때리고 발길로 차니 왕발이의 입에서 사람 살리라는 소리가 저절로 새어나왔다.

박 진사는 장서주가 좋은 말로 왕발을 타일러서 마음을 돌리게 할 줄 알았는데 갑작스레 왕발의 비명 소리가 들리는 바람에 이거 큰일났구나 싶어 후원으로 달려가

보니 장서주가 왕발의 배 위에 걸터앉아 무수히 짓찧고 있었다.

몸에 실오라기 하나 걸치지 않은 장서주가 그 육중한 몸을 흔들면서 주먹을 날릴 때마다 핏방울이 사방으로 튀었다. 방안에는 피비린내로 가득했다.

"큰일났습니다. 어서 몸을 피하십시오."

왕발의 비명 소리를 듣고 그 부하들이 창과 칼을 휘두르며 몰려오자 박 진사가 발을 동동 구르며 소리쳤다.

장서주는 들은 체도 않고 밖으로 나오더니 뒤꼍 담장 밑에 놓여 있는 커다란 바위를 집어들었다.

"저승 구경을 먼저 하고 싶은 놈은 덤벼라. 내 굴비엮듯 한꺼번에 보내주마."

장서주가 바위를 머리 위까지 치켜들고 패대기칠 자세를 취하자 기세좋게 달려오던 왕발의 부하들은 혼비백산하여 도망을 쳤다. 좋은 밤을 누리려다 혼쭐이 난 왕발도 절반쯤 정신이 들자 줄행랑을 치고 말았다.

박 진사는 장서주를 보고 도리어 크게 원망하였다.

"이게 무슨 짓이오. 우리 집은 이제 도륙이 나게 생겼소. 장차 이 일을 어쩌면 좋단 말이오."

장서주는 심부름하는 아이를 시켜 벗어놓은 옷을 가져오라 하여 입은 다음 천천히 입을 열었다.

"아무 염려할 것 없습니다. 제가 바로 수타사 땡추들을 궤멸시킨 장서주올습니다. 그깟 좀도둑놈들 수천 명이 온들 대숩니까."

"그렇다고 해도 장사께서 내 집에 오래도록 머물러 주지 않는 이상 무슨 의미가 있겠소. 도적들이 당분간은 얼씬도 않겠지만 장사가 없는 줄 알면 당장 우리 가족을 요절내려 달려올 텐데."

"제가 이 집을 떠나기 전에 구월산 도적들을 모조리 쓸어버리면 될 게 아닙니까."

"그렇게만 해 주신다면 얼마나 좋겠습니까."

"한바탕 분탕질을 쳤더니 출출한데 술이나 좀 주십시오."

"술 드리는 거야 어렵지 않습니다만 취하신 다음에 도적들이 몰려오면 낭패 아닙니까."

"별소릴 다 하십니다."

"취하면 야단이오."

"걱정 마십시오. 술이 들어가면 보통때보다 두 배는 기운이 넘치니까."

"그렇다면 안심이오."

"많이 가져 오십시오."

"얼마나 드리리까."

"한 서너 말 갖고 오시죠."

"아니, 그 많은 술을 다 어쩌실려고."

"많이 마실 때는 한섬 술도 부족합니다."

"저런."

장서주는 가져온 술을 양푼에 부어놓고 단숨에 들이켰다.

박 진사는 그 모습을 바라보며 감탄사를 연발했다.

"과연 천하장사요. 내 집에 오래오래 머물러 주시오."

"당장 어디 갈 곳도 없는 몸이니 안성맞춤입니다."

장서주가 호탕하게 대답했다.

그 날부터 장서주는 박 진사 댁의 고귀한 문객이 되었다. 아니, 문객이 아니라 그대로 박 진사의 가족이었다. 장서주가 있으므로 해서 구월산 도적들은 얼씬도 하지 못했다.

　"아무리 그래도 서주가 내 집에서 떠나는 날엔 도적패들한테 도륙을 면치 못할 게 분명한데."

　"그러니 서주를 단단히 붙잡아 둬야지요."

　"내 말이 그 말이오."

　"무슨 좋은 생각이라도 있수?"

　"도화년을 서주와 짝지어 주는 게 어떨까 싶은데."

　"나도 진작부터 그런 생각을 갖고는 있었지만 영감 생각을 몰라서 얘길 꺼내지 못하고 있었다오."

　"쇠뿔은 단김에 빼랬다구, 말 나온 김에 결말을 지읍시다."

　박 진사 내외는 술을 먹고 사랑방에서 한잠 자고 있던 장서주를 불렀다.

　"이보게."

　박 진사가 부르자 장서주는 눈만 꿈벅꿈벅하였다.

　"아주 우리 식구가 될 생각은 없는가?"

　"지금도 한식구처럼 지내는데 따로 또 식구 노릇은 뭡니까."

　"우리 도화란 년이 변변치는 않지만 맡아 주었으면 해서 하는 소릴세."

　"그러면 오죽이나 좋겠습니까."

　"잘 됐네. 길일을 택해 작수성례라도 올리도록 하세."

　장서주는 우연한 기회에 또 하나의 여자를 맞이하게

되었다.

박 진사 내외가 딸을 주기로 합의한 날로부터 불과 며칠 지나지 않아서 장서주는 왕발을 짓이겨 내쫓던 후원 별당에서 도화와 첫날밤을 맞이했다. 색도에 범연치 아니한 장서주요, 과년하여 남자를 알 만한 도화였다. 꽃이 벌을 만나고, 용이 물을 얻은 듯했다. 원앙 금침 속에서 젊은 남녀가 밤을 맞이하니 그것은 꿀보다 더 달콤했다.

"산에서 도적들이 내려오면 어쩌지요."

"내가 있는데 무슨 걱정이오."

"그래도 그놈들은 수가 많은데."

"수천 명이라 해도 문제없소."

"아버님과 어머님은 주야로 걱정이세요. 도적놈들 때문에 우리가 혼인까지 한 사실을 저들이 알면 더욱 미워할 게 아니겠어요?"

"별걱정을 다하는구려. 그러면서 어찌 하늘이 무너질가 걱정은 안 하는 거요."

도화가 살짝 눈을 흘겼다. 그 얼굴이 어찌나 고운지 장서주는 또 한번 달려들어 끌어안았다.

두 남녀가 새로운 밤을 맞이하여 꿀같은 시간을 보내고 있는데 창밖의 어둠은 짙어만 갔다.

계집 다루는데 이골이 난 장서주였지만, 과년한 숫처녀와 한 번도 아니고 세 번씩이나 접사를 치루고 나니 온몸이 물먹은 솜처럼 무겁고 나른했다.

장서주는 혼곤한 잠 속으로 빠져들었다. 장서주가 잠결에 도화의 허리 위에 다리를 얹었다가 밀치는 바람에 잠이 깼을 때였다. 밖에서 문을 때려 부수는 듯한 소리가 요란하게 들려 왔다. 그와 거의 때를 같이하여 박 진사가 다급하게 신방 문을 두드렸다.

"여보게 서주, 큰일났어. 구월산 패거리들이 떼거지로 몰려와서는 문을 부수고 있네."

숨 넘어가는 박 진사의 목소리가 들려 왔다. 마냥 달콤한 잠에 취해 있던 도화마저 속곳 바람으로 튕겨 일어나 앉았다.

장서주는 지금이야말로 도적놈들에게 항복을 받아낼 좋은 기회라고 생각하고 천천히 옷을 입은 다음 별당 아래로 내려섰다.

대문 부수는 소리가 요란하더니 와지끈 소리와 함께 문이 부서지면서 말을 탄 도적놈이 장창을 비껴들고 뛰어들었다.

"이 흉악한 중놈아, 이리 와서 내 창을 받아라."

왕발의 형 왕맹이었다.

"대갈빡에 피도 안 마른 것이, 어서 이리 와서 바윗돌 맛을 보아라."

서로 으르렁거리는데 그 기세가 놀라웠다.

왕맹은 장서주가 무지막지한 힘으로 집채만한 바위를 들고 서 있는지라 함부로 덤비지 못하고 부하들을 시켜 싸움을 돋구기만 하다가 갑자기 고개를 갸웃거리면서 물었다.

"목소리가 귀에 익은데 네놈은 누구냐?"

"나 말이냐? 천하장사 장서주다."

장서주가 소리치자 왕맹이 황급히 말에서 내리더니 넙죽 절을 했다.

"저를 몰라 보시겠습니까. 수타사 땡추 소굴에 있던 왕맹이올시다."

"이게 어쩐 일이오?"

"그간 별고 없으셨습니까."

"그 때 어디론가 사라져서 흔적을 찾을 수 없더니 구월산에 와 있었구려."

"강원도 도적이 황해도 도적이 된 셈이지요."

"어서 안으로 드시오."

왕발은 그 형이 원수를 갚아준다고 하여 부하들을 모조리 몰고 왔건만 오히려 자기에게 봉변을 안겨주었던 흉악한 중놈에게 공대를 하고 있으니 못마땅하기 짝이 없었다.

왕발은 잠시 부하들을 쉬게 하고 왕맹을 따라 안으로 들어갔다.

"참으로 뜻밖이오. 형님이 이곳에 계실 줄은 꿈에도 몰랐소."

"자네가 구월산에 와 있는 것은 어떻고."

"정말 꿈만 같습니다."

왕맹이 왕발을 불렀다.

"형님께 인사 여쭤라."

왕발이 선뜻 나서지 못하고 머뭇거렸다.

"형님이 아니라 천하장사 장서주 앞이라 해도 네가 그럴 수 없거늘 하물며 형님이 아니더냐."

왕맹이 훈계하듯 나무라자 왕발은 마지못해 절을 했다.

"일전엔 미안했소이다."

"그게 어디 말로 끝날 일이오?"

왕발이 빈정거렸다. 왕맹은 난처한 듯 얼굴을 찌푸렸다.

"그 따위 말버릇이 어디 있느냐! 정중하게 사과드리지 못하겠느냐."

"괜찮소. 사실 그 때는 내가 좀 심했었소."

장서주는 술상을 차려 오라고 일렀다. 이윽고 술자리가 벌어졌다. 밤이 이슥하도록 술을 마시다가 구월산 패거리들은 산채로 돌아갔다.

"내일쯤 저희 산채도 구경할 겸 한번 오십시오."

떠나기 전 왕발 형제가 말했다.

"꼭 가다. 말이 없어도 찾을 텐데 청까지 하니 안 갈 도리가 없지 않소."

장서주가 언약하였다. 박 진사 내외는 명색이 사위인 사람이 도적패들과 통하는 게 마음에 걸렸으나 그래도 아무 일 없이 도적패들을 물리쳤다는 사실에 안도의 한숨을 내쉬었다.

이튿날 왕발 형제는 부하를 보내 장서주를 산채로 청하였다. 장서주는 그를 따라 구월산으로 올라갔다.

패엽사로 이어지는 이 구월산 뒷골에는 여러 패의 도적들이 자리잡고 있었다. 그중에서도 왕발 형제의 패거리가 가장 요란한 성세를 떨치고 있었다.

산채 가까이 올라가니 왕발 형제가 친히 마중나와 장서주를 부둥켜 안았다. 산채에서는 잔치 준비가 한창이었는데 술이 열두 독이요, 떡이 스물 말이요, 고기가 즐비하였다.

"형님, 우리 파탈하고 실컷 놉시다."

"그러세."

술잔이 오가고 무용담이 꽃을 피웠다. 한창 분위기가 무르익을 무렵 장서주가 반쯤 문이 열린 옆방을 힐끗 쳐다보니 상목에 금은보화가 가득 쌓여 있었다.

"내 지금은 처가살이를 하고 있지만 언제까지나 처갓집 신세를 질 수는 없는 노릇이니 약간의 상목을 마련해 주면 내 후일 은혜를 갚으리다."

장서주가 머뭇거리며 말했다. 왕발의 얼굴이 묘하게 일그러졌다. 잠시 거북한 표정을 짓던 왕발이 마지못해 입을 열었다.

"그럼 내일쯤 우리가 아이들을 몰고 내려가서 행인을 털어 가지고 형님 가용에 보태 쓰게 하리다."

장서주는 괘씸한 생각이 들었다.

'인색하기 한량없는 놈들이로구나. 저 옆방에 잔뜩 쌓인 재물도 행인들을 털어 모은 것일 텐데 거기서 좀 나누어 줄 것이지 또 무슨 행인을 턴다는 거야?'

그러면서도 왕발은 연신 술을 권했다. 오직 술타령뿐이었다. 장서주는 짐짓 옆방에다 눈을 주며 말했다.

"저 많은 상목과 금은보화는 두었다가 국 끓여 먹을 참인가?"

"저건 우리 것이 아닙니다."

이번엔 왕맹이 나섰다. 장서주는 목구멍까지 욕설이 치미는 것을 가까스로 참았다.

홧김에 들이붓듯 퍼마신 술 때문에 느지막히 잠에서 깨어난 장서주는 왕발 형제가 부하들을 데리고 산채에서 내려간 것을 알았다.

장서주는 자루를 챙겨들고 옆방으로 갔다. 방문은 자물쇠로 채워져 있었다. 장서주가 자물쇠를 쥐고 비트니 고리까지 튀어나왔다.

장서주는 무거운 상목은 내버려두고 값나가는 물건들만 자루에 쓸어담았다. 그 때 산채를 지키고 있던 왕발의 부하 둘이 달려왔다.

"무엇을 하시는 겁니까?"

"이것들을 내가 가지고 갈 것이니 그리 알아라."

"안 됩니다."

"안 된다? 너희들이 감히 내게 덤비겠다는 거냐?"

장서주가 눈알을 부리리자 그들은 금방 태도를 바꾸어 애원조로 나왔다.

"그러지 마시고 소인들에게도 몇 개씩 나누어 주시면 고향으로 내려가 농사나 짓고 살겠습니다."

"그래? 그렇다면 나머지는 너희들 다 가져라."

장서주는 자루에 넣고 남은 것을 그들에게 인심쓰듯 던져주었다.

"잘들 있거라."

장서주는 콧노래를 부르며 산채를 떠났다. 한참 내려오다가 생각하니, 곧은 길로만 가다가는 틀림없이 행인을 털고 돌아오는 왕발 형제와 마주칠 것 같았다.

장서주는 지름길로 해서 높은 고개를 넘었다. 길을 잘못 들었는지 고개를 세 개나 넘었는데도 또 다른 산이 앞을 가로막았다.

장서주는 어깨에 짊어진 자루를 내려놓고 바위에 걸터

앉았다. 어디가 어딘지 분간이 서질 않았다. 바라다보이는 고개 위로 한 줄기 가르마같은 초로가 나 있었다.

가까스로 큰길을 찾아 나온 장서주는 행화촌으로 돌아왔다. 금은보화를 한보따리 걸머지고 나타난 장서주를 보자 박 진사의 눈이 휘둥그래졌다.

"이게 다 뭔가?"

"값진 물건 몇 가지 챙겨가지고 왔습니다. 이걸 팔아서 논마지기 사는데 보태십시오."

"우리 사위가 최고일세."

박 진사 내외는 물론이고 도화까지 벙글어진 입을 다물지 못했다.

장서주는 금은보화를 강탈해 온 후부터는 더욱 마음이 태평하여 매일처럼 술을 마셨다.

그 날도 술이 거나하게 취해서 별당에 쓰러져 있는데 밖이 소란스러워지면서 박 진사가 사색이 된 얼굴로 달려왔다.

"이 일을 어쩌면 좋은가."

"무슨 일 났습니까?"

"왕발이 패거리들이 몰려와서는 자네를 내놓으라고 난릴세."

"아무 걱정 마시고 우선 곡간에 몸을 숨기십시오. 장모님과 제 안사람도 함께요."

그것은 실수였다. 장서주에겐 씻을 수 없는 과오이기도 했다.

사방에서 함성 소리가 터져나오며 돌멩이와 화살이 날아왔다. 어디에선가 불화살 하나가 날아와 대들보 상단

부에 꽂혔다. 불길이 치솟았다. 때마침 불어온 강풍으로 인해 집안은 순식간에 불길에 휩싸였다.

"천하에 인색한 놈아, 이제 왔느냐."

장서주가 노기등등하여 소리쳤다.

"대낮에 도적질하는 놈아, 이리 와서 내 칼을 받아라."

"뭐라구, 이 좀도둑 같은 놈이."

장서주가 달려들어 왕발의 칼을 빼앗으니 왕맹이 창을 치켜들고 덤벼들었다.

그러나 왕맹은 장서주의 적수가 아니었다. 한번 놀리는 칼끝에 비명 소리 한번 지르지 못하고 쓰러졌다.

장서주는 다시 왕발을 찔러서 한칼에 꿰었다. 우두머리가 한꺼번에 거꾸러지니 부하들은 몇 번 싸우는 척 하다가 그대로 달아났다.

장서주가 급히 안마당으로 달려오니 집은 거의 불에 타서 꺼져 가고 있었고, 곡간 속에 숨었던 식구들은 보이지 않았다. 타다가 만 쌀가마들만 여기저기 흩어져 있었다. 쌀가마들을 헤쳐보니 그 안에서 세 구의 시체가 나왔다. 바로 장인, 장모, 아내의 시체였다.

장서주는 싸움 때문에 미처 집안을 돌볼 틈이 없었던 것을 한탄하였으나 그렇다고 죽은 사람이 되살아날 리는 만무했다. 분이 머리끝까지 치밀었다.

"이놈의 왕발 형제놈들!"

장서주는 다시 칼을 거머쥐고 죽어나자빠진 왕발과 왕맹의 얼굴을 난도질했다.

"이놈들, 내 그냥 두지 않으리라."

장서주는 한달음에 구월산 산채로 뛰어갔다. 산채에는

아직도 부하 수십 명이 득실거리고 있었다.

"오늘이 네놈들 제삿날인 줄 알아라."

장서주가 고함을지르며 달려가니 개미 흩어지듯 저마다 사방으로 달아나기 바빴다.

장서주는 산채에다 불을 질렀다. 충천하는 화광이 구월산 하늘을 붉게 물들였다.

"잘 탄다. 헌데 나는 이제 어디로 간단 말인가."

장서주는 장탄식을 머금었다. 모든 것을 잃어버린 장서주의 마음은 허전하기 그지없었다. 문득 환허 스님이 외우던 반야경의 사구계가 떠올랐다.

"무릇 있는 바 형상은 허망한 것이니라."

장서주는 끊일 줄 모르고 이어지는 자신의 허망한 생을 돌아보며 청석골을 향해 발길을 잡았다.

청석골에서는 오랜만에 잔치가 벌어졌다. 장서주가 찾아왔기 때문이었다.

"이게 얼마만이오."

"한 일년 좋이 되지요."

"이제 다른 곳에 가지 마시오."

"가라고 쫓아도 갈 곳이 없소."

장서주는 청석골 두목으로서 탑고개를 호령하기 시작했다. 그는 다른 두목들과는 달리 무기를 갖는 법이 없었다. 그저 바위 하나면 족했다.

장서주가 집채만한 바위를 들어올리면 사람들은 그 어마어마한 힘에 지레 겁을 먹고 항복을 하고야 말았다.

곽 서

인두겁을 쓴 현감

새벽 미명을 헤치며 청석골을 떠난 곽서가 배천을 지나 신하성에 도착한 것은 땅거미가 내리기 시작한 저물녘이었다. 들판을 가로지르며 어스름이 몰려오고 있었다.

장수산까지는 아직도 사오십 리 길이나 남았는데 날이 저물어 더 이상 행보할 수가 없었다.

"어디 가까운 주막 없소?"

하룻밤 묵어갈 요량으로 곽서는 지나가는 사람에게 물었다.

"고개를 넘어서 십여 리 가야 있어요."

근처에는 아무것도 없다는 것이었다. 곽서는 길가에 앉아 잠시 다리쉼을 하면서 어떻게 할까 망설였다.

산골의 밤그늘은 유난히 빨라 해가 기운다 싶으면 어느새 어둠이 밀려들었다.

곽서는 작은 개천 하나를 건너 동네 안으로 들어갔다. 이십여 호 되는 작은 마을이었다. 몇 채의 초가삼간을 지나자 허름한 기와지붕이 시야에 들어왔다.

"이리 오너라! 이리 오너라!"

낡은 대문 앞에 서서 한참을 소리치자 노인 하나가 고개를 내밀었다.

"뉘시오?"

"지나가는 나그네온데, 날이 저물어 갈 데가 없으니 하룻밤만 유할 수 없을까요?"

"좋도록 허시우. 들어오우."

뜻밖에도 선선히 승낙을 했다. 노인은 곽서를 행랑으로 인도했다.

"나도 지금 저녁을 먹으려던 참이었소. 잠시만 기다렸다가 같이 한술 뜹시다."

"고맙습니다."

개다리 소반에 저녁밥을 차려온 것은 역시 허리가 꼬부라진 늙은 할멈이었다.

"찬이 없어서…… 허기나 면하게 요기나 하시구려."

"아무러면 어떻습니까."

곽서는 반찬도 없는 밥을 맛있게 먹어치웠다.

"어딜 가시는 길이우?"

"평양 가는 길입니다. 장사꾼이지요."

"그러시구먼."

"헌데 집안이 어째 이렇게 적적하지요?"

"다들 주무시는가 보오. 안댁에는 이 진사 어른과 노마님과 며느님이 계시다우."

"허, 그래요? 진사 어른께 인사도 여쭙지 못하고 결례를 하는군요."

"연만하신데다가 밤낮 누워 사시는걸……"

"어디가 편찮으신가요?"

노인이 대답 대신 혀를 끌끌 찼다.

"아드님은 뭘 하시는데요?"

"연전에 돌아가셨지."

"며느님은 청상이시겠네요?"

"그렇다우."

노인은 이윽고 밤이 늦어지자 곽서에게 윗방에서 자라고 했다. 곽서는 고단하기도 해서 옷도 벗지 않고 길게 누웠다 싶자 이내 잠이 들었다.

얼마나 잤을까. 잠결에 여자의 슬피 우는 울음 소리에 눈을 뜨고 말았다. 분명 여자의 울음 소리였다. 단잠을 끊는 듯한 슬픈 울음 소리였다.

'허, 이상하다? 이 깊은 밤에 왜 울까?'

귀를 세우고 들어 보니 그 울음 소리는 먼 곳에서 나는 게 아니라 가까운 곳에서 들려왔다.

예삿일이 아닌 것 같아 곽서는 슬그머니 자리에서 일어났다. 분명 집안 어딘가에서 나는 울음 소리였던 것이다. 마당으로 나와 섰다. 울음 소리는 방안이 아니라 안채 뒤꼍에서 들려 오는 것 같았다.

곽서는 소리나는 쪽을 향해 고양이 걸음으로 다가갔다.

'허, 저런!'

장독대 밑에 앉아서 소복을 한 여자가 울고 있었다. 꺼질 듯 촛불 하나가 너울거리고 촛불에 비친 작은 상 위에는 정화수 한 그릇이 담겨져 있었다. 뭔가 빌다가 흐느껴 우는 모양이었다.

'이 집에 청상이 된 며느리가 있다더니 바로 그 며느린 모양이구나.'

그런 생각이 스쳐가자 이상한 호기심이 일었다. 그래서 그는 몇 발자국 더 다가섰다. 그때 울고 있던 고개가 발자국 소리를 들었는지 옆으로 돌려지는가 싶더니 가냘픈 비명 소리를 삼켰다. 너무나 놀랐던 모양이었다.

곽서는 급히 달려가 여자의 입을 손으로 막았다.

"해치진 않을 테니 조용히 하시오."

여자의 귓전에 대고 소곤거렸다. 그러나 여자는 말도 없었고 움직임도 없었다. 혼절을 한 것이다.

'낭패로구나. 괜히 아는 체했다가 이게 무슨 꼴인가. 어떡하지? 그냥 놔두고 돌아갈까?'

그러나 그럴 수도 없었다. 곽서는 잠시 생각 끝에 여자의 몸을 들어 안았다. 좌우를 둘러보니 뒤꼍 쪽으로 나 있는 골방 하나가 보였다. 안방과는 좀 떨어진 곳이었다. 부엌 옆에 붙은 방이었다.

곽서는 장독대로 다시 나와 타고 있는 촛불과 정화수를 거둬 가지고 골방으로 들어갔다. 촛불이 방안을 훤하게 비춰 주었다.

불빛 아래 드러난 여자의 얼굴은 제법 아름다웠고 몸
매도 고왔다. 나이는 스물대여섯쯤 됐을까. 앳된 새댁이
었다.

곽서는 들고 있던 정화수를 여자의 얼굴에 뿌렸다.
흠칫흠칫하다가 여자가 깨어났다. 곽서는 재빨리 여자
의 입을 틀어막으며 낮게 속삭였다.

"놀라지 마시오. 난 도와주고 싶어서 온 사람이오."

"……"

"입을 떼어 줄테니 조용히 하시겠소?"

여자가 고개를 끄덕였다. 곽서는 천천히 손을 떼었다.

"나는 지나가던 나그네올시다. 날이 저물어 하룻밤
신세를 지려고 들어왔소. 행랑에서 저녁 대접을 받고
잠자리에 들었는데 갑자기 낭자의 울음 소리가 들리지
않겠소? 그래서 왔던 것입니다. 아무도 본 사람이 없으
니 안심하시오."

곽서의 해명을 듣자 여자는 긴 한숨을 내쉬었다.

"대체 곡절이 무엇이오? 깊은 밤에 정화수를 떠놓고
간절히 치성드리는 건 이해하오만 슬피 울고 있으니 그
연유를 듣고 싶소."

"……"

여자는 다소곳이 앉은 채 눈을 내리깔고 아무런 말이
없었다.

"이보시오."

곽서가 여자에게 채근했다. 그러나 여자는 여전히 입

을 다문 채 묵묵부답이었다. 털투성이 얼굴에 딱바라진 어깨하며 꼭 산적같이 보이는 곽서의 속셈을 알 수 없었던 것이다.

"아까도 말씀드렸지만 낭자를 해칠 생각은 추호도 없습니다. 잠자리를 걱정하던 나그네가 후한 대접을 받고 잠까지 잤는데 어려운 사정이 있다면 왜 돕지 못하겠습니까? 얘기를 해보시오. 어찌 이 큰 집에 늙은 시부모님만 모시고 살게 되었소?"

곽서의 간곡하고도 진지한 물음에 여자는 적이 안심하는 눈치였다.

"이 마을에는 대소간 친척 동기도 없소?"

"네."

"시아버님은 진사라 하던데요. 진사라면 꽤 여러 식솔을 거느렸음직한데?"

"모두 다 떠나갔어요."

"떠나다니요?"

곽서는 점점 더 궁금증을 느끼며 되물었다. 정말로 말 못할 사정이 숨어 있는 듯했다. 여자는 다시 어깨에 물결을 일으키며 오열을 삼켰다.

한동안 뜸을 들인 후에야 여자는 억울하다는 듯이 신세 한탄을 늘어놓기 시작했다.

"저희 집은 원래 대대로 이곳에 살아온 양반입니다. 천 석은 못했지만 사오백 석은 하는 부자였지요. 시아버님은 진사를 하셨지만 벼슬에 뜻이 없어 농사만 지으셨답니다. 손이 귀하여 외아들을 두셨는데 그 외아들도 만득자로 태어나 쉰이 넘으셔서 본 아들이었습니다. 그러나 그 아들은 어려서부터 병치레가 잦아 허약했다 합니다. 아드님이 스물되던 해 장가를 보냈지요. 그 때 저는 스물셋이었습니다. 이 댁에 시집을 온 것이지요."

"으음, 그래서요?"

"시집을 와보니 집안꼴이 말이 아니었습니다."

"무슨 말씀이오?"

"시아버님은 노쇠하시어 노망이 든 채 누워 있었고 시어머님도 해소병으로 누워 사시는 날이 많았습니다. 게다가 지난날 송사가 있어 배천 현감에게 농토의 거지 반은 빼앗겨 버린 뒤였고, 계속된 흉년에 가세는 말이 아니었습니다. 스무 마지기 논이 남아 있을 뿐이었지만 그나마 직접 농사를 지을 사람이 없어 남에게 소작을 주어야 했지요."

"남편 되시는 분이 있지 않소?"

"몸이 약해서 아무것도 못하고 있었어요."

"소작료를 받아 살았구만요?"

"그런 셈인데 그마저 제대로 받을 수 없는 처지였어요."

"왜요?"

"소작인 모두가 관에서 얻어 쓴 빚 때문에 신음을 하고 있는데다가 연 삼년 흉년이 겹치니 소출이 나봐야 환자 곡식으로 다 뺏기고 자기들도 연명하지 못하게 됐기 때문이지요."

"어찌 그 사람들뿐이겠소. 팔도에서 흙 파먹고 사는

백성들은 모두 같은 처지인걸."

"그 모양이니 어쩌겠어요? 시부모님 약값에 남편 약값, 거기다가 끼니를 이어야 했으니."

"정말 고생 많았겠소."

"그나마 집안에 있던 패물, 제가 시집올 때 가지고 온 패물들을 팔아서 겨우겨우 연명할 수 있었는데, 작년부터는 정말 남은 것이 아무것도 없었어요."

"그래서 어찌했소?"

"어느 환갑 잔치에 다녀온 남편이 돼지고기를 먹고 체했는지 토사를 하고 자리에 누운 뒤 일어나지를 못했어요. 의원을 부를 수가 있어야지요. 돈이 없으니 급하기는 하구 지푸라기라도 움켜 잡고 싶은 심정이었어요. 그래서 고을 관아에 가서 빚을 얻어 오기루 했던 거예요."

"그래, 빚을 얻었습니까?"

곽서가 물었다.

"……예."

"상목 두 필이지요. 허지만 그게 덫인 줄은 미처 몰랐어요."

"덫이라니요?"

"현감은 인두겁을 쓴 짐승이었어요. 탐관오리의 표본이었지요."

그녀는 울음을 터뜨렸다. 한동안 진정한 후에야 겨우 말을 이었다.

"그 더럽고 치사한 빚을 얻어…… 남편의 병을 고치

려 했지만 그것도 허사였어요."

"죽었군요?"

"예…… 나도 따라서 목이라도 매어 죽어야 했어요. 그런데도 난 죽지 못했어요."

여자는 그러면서 또 울었다.

"현감에게 무슨 봉변이라도 당했습니까?"

"더 이상 묻지 마세요. 어서 행랑으로 나가 보세요. 시아버님 간병을 해야 하니까요."

여자는 퉁퉁 부운 얼굴로 일어나 방문을 열고 나갔다. 곽서는 닭쫓던 개 지붕 쳐다보듯 멍하니 천장만 바라보게 되었다. 잠시 후 그는 조심스럽게 방을 나와 아무 일도 없었던 것처럼 행랑채로 들어갔다.

어디선지 새벽닭이 홰를 치고 있었다. 좀더 눈을 붙여보고 싶었지만 잠이 오지 않았다.

'현감이 어떤 놈인지 모르나 아주 악질인 모양이로구나. 빚을 준다는 핑계로 겁탈까지 하다니. 여자가 당하지 않았다면 저렇게 괴로워하고 슬퍼하지는 않으리라.'

아침이 되자 곽서는 멀건 시래기죽이 담긴 아침 상을 받게 되었다. 어쨌든 맛있게 먹고 난 곽서는 노인에게 당부했다.

"이렇게 대접을 받고 그냥 떠나는 것도 인사가 아니니 주인 마님을 뵙고 가게 해주시오."

"허허, 남녀가 유별한데 인사는 무슨 인사요?"

노인은 안 된다고 손을 저었다.

"들어가서 전해나 주시오. 떠나기 전에 잠깐 뵙고 인

사나 하겠다고."

"안 된다니까."

"말씀이나 드려 보고 된다, 안 된다 하시구려."

"정 그렇다면 잠깐 기다리시우. 얘기는 해보리다."

노인이 안채로 들어갔다. 조금 있자 예의 그 소복한 여자가 노인을 따라 행랑으로 나왔다. 곽서는 떠날 차비를 하고 토방 앞에서 그녀를 만났다.

"후한 대접을 받고 갑니다. 이건 얼마 안 되는 돈이지만 가용에 보태십시오."

곽서는 품 속에서 주머니 하나를 꺼내어 여자에게 건넸다.

"이게…… 뭐예요?"

"시부모님 약값에나 보태십시오. 약소합니다."

"아, 아녜요, 받을 수 없어요."

"성의입니다."

"고맙습니다요."

옆에 있던 노인이 채듯이 주머니를 받아들었다.

"왜 함부로 받느냐? 돌려드려라."

"하오나 이건……"

"돌려드리래두!"

"받아 두십시오. 그리고 관에서 낸 빚은 갚지 않으셔도 됩니다."

"예? 그게 무슨 말씀이세요?"

"내가 혼쭐을 내놓겠습니다. 배천 현감이 누구인지는 모르나 그냥 지나칠 수는 없습니다. 그런 탐관오리가 관장으로 앉아 있다니."

"아이구, 죽을 죄를 지었습니다. 소인놈이 몰라뵈었습니다. 마님, 이분은 암행어사이십니다요."

노인은 토방 앞에 넙죽 엎드리며 머리를 조아렸다. 그 말에 여자는 어찌할 바를 몰랐다.

당황한 쪽은 곽서였다. 노인이 곽서를 암행어사로 단정하고 있었던 것이다.

"왜 이러십니까. 어디를 봐서 내가 어사 같습니까? 난 어사가 아니고 장사꾼이오. 노자가 든든하여 신세를 갚으려고 한 것뿐인데…… 자, 그럼 나는 가보겠소이다."

"저어……"

여자가 뭐라고 할 듯 했으나 곽서는 돈주머니를 노인에게 맡기고 총총히 밖으로 나왔다.

그는 곧 장수산을 향해 잰걸음을 놓았다. 봉물짐을 지키고 있을 방 두목을 만나야 했다. 거기 일을 서둘러 마친 다음 배천으로 갈 작정이었다.

아침 새때가 못 되어 곽서는 장수산의 골짜기로 들어서게 되었다.

"누구냐, 멈춰라!"

등 뒤에서 누군가 외쳤다. 돌아보니 괴한 하나가 참나무 몽둥이를 들고 뛰어나왔다.

"아니, 곽 두목님 아니십니까?"

그는 파수를 보고 있던 방중달의 졸개였다.

"방 두목을 만나러 왔다."

"예, 따라오십시오."

졸개가 인도하는 대로 계곡을 더듬어 올라갔다. 산세가 제법 험악해서 들어갈수록 가파르고 비좁아졌다. 산중턱의 자작나무 숲이 우거진 바위틈에 동굴이 하나 있었다. 방중달이 그 안에서 곽서를 반갑게 맞았다.

"형님."

"고생 많이 했네."

"원, 세상에 날 여기다 가둬 두고 이게 뭡니까? 꼭 지옥에서 사는 것 같소."

"술도 있고, 없는 게 없구만."

"술이라도 없었으면 난 벌써 자진해서 죽었을 거요. 아무튼 잘 왔소. 그래도 큰형님이 날 버리지는 않았구려."

"버리다니? 무슨 소린가?"

"갇혀 사는 방중달이 불쌍타고 형님과 교대하라고 보낸 게 아니오?"

"교대? 그게 아닐세."

"뭐가 어째요?"

방중달은 화를 냈다. 곽서는 그러는 그를 진정시키느라 진땀을 빼며 오게 된 이유를 설명했다.

"조금만 참으면 구월산으로 봉물은 다 옮겨가게 되고 그 땐 청석골로 돌아갈텐데 뭘 그러나. 자, 짐이나 열게. 무엇무엇이 있는지 자세하게 물목을 적어 조사를 해야 하니."

곽서는 방중달의 안내로 동굴 속에 산더미처럼 쌓여

있는 봉물짐을 헤쳐 품목과 수량을 조사했다.

"과연 엄청난 물량이군!"

곽서는 탄성을 내질렀다. 점심때가 조금 지나서야 조사는 끝났다.

"일도 끝났으니 밤새도록 술이나 듭시다."

"아닐세. 내 급히 갈 곳이 있네."

"어딜 가는 거요?"

"배천 현청에 볼 일이 있네."

"무슨 일이오?"

"나중에 얘기해 줌세."

"나 이런!"

거듭 캐묻는 방중달을 뒤로 하고 곽서는 산을 내려왔다. 생각했던 것보다 일찍 일을 끝낸 탓에 조금은 여유가 있었다.

그는 주막에 들러 간단한 요기와 함께 막걸리 한 잔을 걸치고 배천 현청으로 향했다.

현청 관아에 당도하니 벌써 어둠이 짙어지기 시작했다. 현감은 공좌에서 퇴청하여 동헌에서 얼마 떨어지지 않은 자택에 있다는 것을 알아냈다.

곽서는 현감의 집을 찾았다. 규모는 크지 않으나 제법 아담한 기와집이었다. 어떻게 할까 망설이던 곽서는 담을 넘어 숨어들기로 했다.

소리없이 담을 넘어들어간 곽서는 어느 쪽이 사랑인지 살폈다. 석류나무가 서 있는 왼쪽 별채가 사랑 같아 보였다.

그는 뒷방문 쪽으로 조심스럽게 접근해 갔다. 발 소리를 죽이며 살금살금 다가가는데 갑자기 여자의 울음소리가 흘러나왔다. 갸날프면서도 구성진 그 소리는 일찍이 들어본 적이 없는 비밀스런 음색이었다.

곽서는 알 수 없는 흥분과 호기심으로 방안의 동정을 살폈다. 곽서는 그쪽을 보기 위해 손가락 끝에 침을 묻혀서 창호지에다 구멍을 내기 시작했다. 그러나 창호지는 보기보다 두꺼웠다. 침을 듬뿍 바른 손가락을 몇 차례나 돌린 다음에야 구멍을 뚫을 수 있었다.

"어!"

구멍에 눈을 대고 그쪽을 보는 순간 곽서는 거의 비명을 지를 뻔했다. 갑작스런 놀라움으로 숨이 막혀왔다.

그의 눈에 들어온 것은 어깨가 드러난 속치마 차림으로 포갠 이불에 비스듬히 누운 여인의 모습이었다.

곽서는 야릇한 흥분을 느끼면서 눈을 더욱 창호지 구멍에다 밀착시켰다.

그녀의 속치마는 느슨하게 풀어 헤쳐진 상태였기 때문에 젖가슴 한쪽이 엇비스듬히 노출되어 있었다. 봉긋한 젖가슴 위로 새까만 유두가 천장을 향해 고개를 들고 있었다. 퍽 고혹적인 모습이었다.

곽서는 그녀의 얼굴을 자세히 들여다보았다. 그녀는 애써 울음을 감추려는 듯 찡그린 얼굴에 지그시 입술을 깨물고 있었다. 가슴 쪽으로 홀렁 올라온 속치마 밑으로 희멀건 허벅지 한쪽이 보였다.

다른 한쪽의 허벅지는 반쯤 드러나 있었는데 그녀의

두 손이 전부 그 속으로 들어가 있었다. 속치마 위로 나타나는 손의 움직임으로 보아 그녀는 자신의 그곳을 손가락으로 부비고 있는 것 같았다.

그녀의 다른 손은 아랫배 쪽에서부터 거슬러 올라가 가슴께로 부드럽게 기어갔다. 그리고는 앵두만한 젖꼭지를 손가락 사이에 넣어 짓이기듯 눌렀다.

그녀의 익숙한 행동으로 보아 이런 짓에는 이골이 난 듯싶었다.

속치마 밑으로 들어간 그녀의 손은 조금 전보다 더 빠르게 움직였다. 원을 그리듯 아래쪽으로 위쪽으로 부벼대는 손에 속도가 붙자 그녀는 숨이 찬 듯 입술을 벌렸다. 약간 벌려진 입술 사이로 미끄러져 나온 혓바닥은 그녀의 마른 입술을 타액으로 번질거리게 했다.

이윽고 그녀는 얼굴을 찡그리며 고개를 한껏 뒤로 젖혔다. 그리고 웃음인지 울음인지 모를 기이한 소리를 내며 끙끙거렸다.

그녀는 곽서가 숨어서 보고 있는 것도 모르고 황홀경에 빠진 채 비음 섞인 신음을 헐떡거렸다. 허벅지가 부들부들 떨리면서 허공으로 치켜든 그녀의 아랫배마저 경련을 일으키는 것 같았다.

그녀는 다시금 그 이상 야릇한 소리를 연발했다. 발정난 암말의 콧소리와도 같은 그 소리는 곽서의 아랫도리를 부풀게 했다. 마음 같아서는 뱀처럼 빳빳하게 고개를 쳐든 그것을 앞세우고 당장이라도 방안으로 뛰어들고 싶었지만 지금은 현감을 찾는 일이 먼저였다.

곽서는 쩝쩝 입맛을 다시며 그 자리를 떴다.

담 모퉁이를 끼고 몇 발자국 돌아나가니 저만치 불빛이 보였다. 곽서는 최대한 뒷뜰 한켠에 서 있는 몸을 낮추고 불빛을 향해 뛰었다. 감나무 뒤에 몸을 숨긴 채 한동안 주위를 살피다가 재빨리 툇마루 위로 올라섰다. 방안에서는 두런두런 남녀의 얘기 소리가 들려 왔다.

곽서는 툇마루에 무릎을 세우고 빼꼼 열린 문 틈으로 방안을 훔쳐보았다. 평복으로 갈아입은 현감은 보료 위에 비스듬히 기댄 채 맞은편에 앉은 여자를 지그시 바라보고 있었다. 오십을 갓 넘긴 듯한 현감은 부라린 눈에 비곗살이 올라 상당히 탐욕스러워 보였다.

맞은편 방구석에 쪼그리고 앉아 있는 여자는 사십쯤 되어 보이는데 마치 고양이 앞의 쥐처럼 오들오들 떨고 있었다. 일견 보아도 뼈마디가 굵은 손발을 하고 있어 농사짓는 촌부 같았다.

"조금 더 가까이 오너라."

"예?"

"더 좀 나앉으라고!"

"예."

촌부는 어쩔 줄 모르며 무릎걸음으로 다가앉았다. 등잔 불빛을 받아 여자의 얼굴이 확연하게 드러나 보였다. 펑퍼짐한 코에 눈은 째져 있고 입술이 두꺼운데다 시커먼 얼굴을 하고 있었다.

"뭣 때문에 날 만나러 왔느냐?"

"실은 이달 초아흐렛날 지 자식놈이 장가를 듭니다

요. 잔치는 못하드래도 초례청은 있어야 혼례를 치르겠는데 가진 게 있어야지요. 그래서 이렇게 현감 어른을 찾아온 겁니다요. 불쌍히 여기시고 무명 두 필만 내주시면 가을에는 꼭 갚겠습니다요."

"무명 두 필이라……"

현감은 장침 옆에 놓인 궤상에서 장부책 하나를 꺼내더니 뒤적거렸다.

"옹기실에 산다고 했겠다? 어디 보자, 심기배가 상목 다섯 필, 이첨지가 쌀 두가마…… 도대체가 옹기실에 사는 것들은 빚만 얻어먹으면 함흥차사이니 잡아다 치도곤을 안겨도 갚지 않는단 말야? 너두 뻔하구나."

"네? 쇤네는 한번도 빚을 얻어간 적이 없습니다요. 이번만 도와주시면 그 은혜 절대 잊지 않겠습니다요."

"조금 더 가까이 와 봐라."

"예? 그럼?"

현감 앞에 더 가까이 앉으면 빚을 얻어 쓸까 하여 촌부는 엉금엉금 기어왔다. 현감의 노리끼리한 눈은 촌부의 어깨로부터 허리, 엉덩이 쪽으로 부산하게 훑어 내려갔다. 그러더니 끙 하는 신음 소리와 함께 쓴입맛을 다셨다.

"돌아가 봐."

"예?"

"이빨이 없으면 잇몸이라 했느니."

"사정을 봐주시는 거지요?"

"가난한 농사꾼 주제에 혼례식은 무슨 혼례식이냐?

양반가에서나 격식을 따지는 법, 냉수나 떠놓고 맞절하고 살이나 섞으면 그게 혼사지 거기다가 왜 비용을 들인단 말이냐?"

"하오나, 현감 어른."

"어서 가보아라. 남들은 끼니 이을 양식거리가 없어 빚을 달라고 하는 판에 혼례식이라니. 썩 물러가거라."

"하오나……"

촌부는 비지땀을 흘리며 통사정을 했지만 현감은 딱 잘라 버리는 것이었다. 촌부는 더 이상 어쩔 수 없는지 방문을 열고 밖으로 나가 버렸다.

그것을 지켜본 곽서는 분통이 터져 두 주먹을 불끈 쥐었다. 현감은 백성들의 기름을 짜서 사복을 채우고 그것도 모자라 고리대금까지 하고 있었던 것이다. 이중으로 수탈해 먹는 셈이었다.

'천하에 죽일 놈이로구나.'

그 때 방문이 열리며 통인인 듯한 자가 들어왔다.

"그냥 보내셨습니까요?"

"대체 밖에서는 무얼하고 그런 계집을 함부로 방에 들이느냐? 넌 눈도 없느냐?"

"소, 송구스럽습니다요."

통인이 머리를 조아렸다.

"하두 딱하게 사정을 하길래 그랬사오니 용서하십시오."

알 수 없는 것은 현감의 하는 짓이었다. 대낮에 동헌에서 처리해야 할 일을 사사로이 퇴청한 저희 집 사랑에서 사채놀이를 하고 있었던 것이다.

"웃뜸 사는 진발이란 농사꾼이 와 있습니다요. 그 자역시 빚을 얻어 쓸까 하고 온 듯하옵니다만."

통인의 말에 현감은 냉소를 띠며 궤상 옆에 놓인 자그마한 술상을 끌어당겼다.

"흙투성이 상놈들과는 입을 섞고 싶지 않다."

"그럼, 계집이 와야 한다고 할깝쇼?"

"네놈은 왜 그리도 돌대가리냐? 이게 어디 한두 번 하는 일이냐? 매사에 꽁 바혀서 콩새짓만 하니 답답하기 이를 데 없구나."

"아, 알겠습니다요."

통인은 불호령이 또 떨어질새라 황망히 밖으로 나갔다. 혼자 남은 현감은 호리병을 기울여 술을 따랐다.

곽서는 하는 꼴이 하도 재미있어 그냥 지켜보기로 했다. 얼마가 지나자 다시 방문이 열리며 통인이 들어왔다.

"뭐냐?"

"진발이 처가 와 있습니다요."

"그래? 들여보내라."

통인이 물러가자 잠시 후 젊은 여자 하나가 주저주저하며 들어왔다.

"무서워할 것 없다. 게 앉거라."

"……"

"좀더 가까이 오너라."

"예?"

"나는 가는 귀가 먹어서 멀리 앉아 얘기하는 소리는 잘 듣지 못한다. 그러니까 가까이 오랄밖에."

"예."

두려움에 떨며 젊은 새댁은 네 발로 엉금엉금 기어왔다.

"더 앞으로…… 더 앞으로."

벌써 새댁의 코에는 진땀이 송글거리며 돋아나고 있었다.

"됐다."

현감은 눈앞에 앉아 있는 새댁의 모습을 하나하나 뜯어보기 시작했다. 제법 곱게 생긴 얼굴이었다.

아무리 흉년에 굶주렸다 하지만 뺨자위는 도도록하게 살이 올라 윤기가 났고 저고리 밑의 치마 말기 근처는 풍만한 젖가슴이 떠받치고 있어 저고리 섶이 들려 있었다. 살이 찐 것도 아니고 마른 것도 아니었다.

현감은 입안에 괴는 침을 꿀꺽 삼켰다.

"몇 살이냐?"

"……스물아홉입니다요."

"그래? 음, 음."

"……"

다시 한번 입맛을 다셨다.

"빚을 내고 싶어 찾아왔다고?"

"네."

"뭣에 쓰려느냐?"

"이제 못자리 만드는 철은 닥치는데 씨나락이 없사옵

니다. 씨나락 닷 말만 내주시면 가을에 장리로 꼭 갚겠습니다요."

"씨나락이 없다고?"

"황공합니다."

"계집이 불씨를 꺼뜨리면 당장 시댁에서 쫓겨나야 하고 사내가 씨나락 준비를 못하면 당장 마을을 떠나야 하는 법이거늘."

"황공합니다요."

새댁이 두 손을 모으며 빌었다.

"농사짓는 놈이 종자 볍씨도 안 가지고 있다면 전쟁터에 나간 군사가 병장기를 잃어버린 거나 마찬가지다. 그 또한 국법으로 다스려 마땅한 일이다."

"용서해 주세요."

현감은 짐짓 화를 냈다.

"그래, 그 종자 볍씨를 어쨌느냐? 뭣에 썼는데 없단 말이냐?"

"……"

"왜 말을 못하는고? 어서 바른대로 고하지 못할까?"

"저희 집은 장손에 종갓집이라 제향이 많사옵니다. 한 달에 두 번 든 달도 있고, 아니면 매월 한 차례씩 제사가 있습니다요. 젯밥 올릴 쌀이 있어야지요."

"저런, 괘씸한! 목숨이나 다름없는 종자 볍씨를 제삿밥으로 쓰다니?"

현감은 노발대발했다. 그럴수록 새댁은 안절부절 못하며 쩔쩔 맸다.

"쉰네가 극구 말렸지만 남편은, 농사도 중요하지만 제사도 중요하다며……"

"고얀! 내일 당장 네 남편을 잡아 가둬야겠다."

"나리! 용서해 주세요. 다시는 그런 일 없게 하겠습니다요. 오죽했으면 씨나락을 헐어서 제삿밥을 지었겠어요."

새댁은 손이 발이 되도록 빌었다. 현감은 말없이 화난 얼굴로 술잔만 비워냈다. 그러더니 불쑥 한마디 했다.

"내 옆으로 오너라."

"예?"

"하오나, 어찌 감히……"

"괜찮다니까."

새댁은 엉거주춤 일어나서 어찌할 바를 몰랐다.

"여기 앉으래두."

현감은 새댁의 손을 덥석 잡아 비단 보료 옆에 앉혔다.

"에그머니나……"

"너희들 소행으로 볼작시면 당장 불러다가 치도곤을 안길 것이로되 그것만은 용서하마."

"고, 고맙습니다. 현감 어른."

"그리고……"

현감은 지그시 새댁의 옆모습을 들여다보며 말을 이었다.

"네 처지가 딱하니 내가 씨나락을 내주겠다."

"예?"

"왜 그렇게 놀라느냐?"

"고맙습니다요."

"그러면 됐지?"

"예."

새댁은 기뻐서 울듯 울듯한 표정을 지었다.

"내일 관아에 나와서 타 가라고 너희 남편에게 전하여라."

"예."

"곱 장리이니 가을에는 쌀로 열 말을 갚아야 하느니라."

"예."

"허지만 어찌 그걸 다 받겠느냐? 네 서방보다 네 낯을 보아 서 말은 탕감해 주마."

"예?"

"일곱 말만 갚으면 되느니라. 여지껏 그렇게 싼 이자를 받은 적이 없다."

"모, 몸둘 바를 모르겠습니다요."

"내게 기대어라."

"예?"

"기대라니까!"

현감은 조금도 주저하지 않고 새댁의 어깨를 감싸안으며 가슴 쪽으로 잡아당겼다.

"에그머니, 안 돼요."

"어허."

"이러시면 안 돼요."

새댁은 현감의 몸에서 벗어나려고 안간힘을 쓰며 비명처럼 신음 소리를 울렸다.

"밖에서 누가 듣겠다. 내가 하는대로 가만 있거라."

"아니에요."

"아니기는."

현감은 마른침을 삼키며 새댁을 껴안고 볼이며 입술을 덮쳤다.

"이, 이러시면 안 돼요."

"한강에 배 지나가기다."

"제발 좀 놔주세요."

새댁은 그럴수록 앙탈을 부렸다.

"너하고 나하고 단둘이만 아는 일을 누가 알겠느냐? 가만 좀 있거라."

"아아."

현감은 새댁의 저고리 고름을 풀어내고 있었다.

그것을 들여다보고 있던 곽서는 피가 거꾸로 흐르는 분을 삭이지 못했다.

곽서는 그제야 어젯밤 이 진사의 며느리가 왜 그렇게 서럽게 울었는지를 짐작할 수 있었다.

현감의 하는 짓을 보니 명약관화한 일이었다. 굶주리고 못사는 처지에 그래도 급한 일은 겹치게 마련이고, 목마른 사람이 우물 파게 마련이듯 다급하게 찾아왔으니 사정은 해야겠고, 현감이란 작자는 급한 사정을 역이용하여 수작질을 하고 제 욕심을 채운 다음 보내는 것이었다.

곽서는 호시탐탐 기회만 노리고 있었다. 현감이 끌어안고 있는 새댁의 옷을 다 벗기고 그 위로 올라가 요동만 치면 당장 뒷방문을 열고 들어가 머리통을 깨부수고 말리라 벼르고 있었던 것이다.

"아, 안 돼요."

치마를 벗겨내리자 새댁이 현감의 가슴팍을 힘껏 밀었다.

"점잖게 가만 있지 못하겠느냐?"

"제발……"

"이미 엎질러진 물이다."

현감은 그러면서 대충 아랫바지를 까내렸다.

"아니?"

곽서가 움찔 놀랐다. 그 틈에 새댁은 몸을 뒤집으며 빠져 나왔던 것이다.

"아니, 이년이?"

새댁은 풀어진 치마 말기를 움켜쥔 채 방 밖으로 뛰쳐나갔다.

"게 서지 못할까!"

현감이 다급하게 부르며 쫓아 일어나려다가 방바닥에 나뒹굴고 말았다. 괴춤이 흘러내려 정강이에 걸리는 바람에 쫓아가지 못하고 자빠진 것이었다.

"어, 어딜 가느냐? 응?"

앞마당 쪽에서 다급하게 부르는 통인의 목소리가 들려왔다. 그러더니 그는 방으로 들어와 현감에게 묻는 것이었다.

"그 년을 잡아올깝쇼?"

"그럴 필요없다. 어디 가서 소문을 내겠느냐? 서방 있는 계집인데."

'그놈 아주 능구렁이로구나. 당하고 간다 해도 감히 소문은 못낼 것이다. 현감이 흑심을 품고 덮쳤다면 남들은 당한 줄 알지 그냥 도망쳐 나온 줄 알게 뭔가? 그런 것까지 계산에 넣고 하는 짓이었구나.'

곽서는 기가 막혀 한숨밖에 나오지 않았다. 대체 현감을 어떻게 처치해야 속이 후련해질지 알 수 없었다. 잠자리에 들기까지는 아직도 멀었으니 좀더 두고 보기로 했다.

현감은 아무 일도 없었다는 듯이 태연하게 자작으로 술을 마시고 있었다. 그 때 방문이 열리며 다시 통인이 들어왔다.

"또 무슨 일이냐?"

"예, 새터 사는 장가 내외가 현감 어른을 뵙겠다고 행랑에 와 있습니다."

"장가 내외가? 들여보내."

"예."

통인이 나가더니 잠시 후에 장가는 오지 않고 장가의 아내만 방문을 열고 들어왔다. 서른대여섯쯤 되어 보이는 농사꾼 아내였다. 작달만한 키에 광대뼈가 나온, 얼굴은 과히 밉상은 아닌데 아랫입술 밑에 커다란 사마귀가 있었다.

"그간 안녕하시온지요?"

현감 앞에 엎드려 절을 하며 해번득하게 웃었다.

"누군가 했더니 너였구나?"

"어쩐 일로 혼자 술을 마시고 계시오니까?"

"무슨 일이냐? 용건부터 얘기해 봐라."

"술 한잔 따라 올릴까요?"

별로 내키지 않는 기색이었으나 장가의 처는 호리병을 들어 술을 따랐다.

"어쩌자구 팥광주리에 새앙쥐 드나들 듯 자꾸 들락거리느냐? 두 달에 한 번씩만 오라고 안 했느냐?"

"두 달이 꼭 이 년 같아 기다릴 수가 있어야지요?"

"허허, 서방 있는 계집이 조심을 해야지? 그걸 참지 못하고 쪼르르 건너오다니!"

"현감 어른."

장가의 처는 갑자기 슬픈 목소리를 냈다.

"왜 그렇게 코맹맹이 소릴 하고 그러느냐?"

"쇤네는 장차 어찌해야 할지 모르겠어요."

"뭘?"

"망신당하며 사는 것보다는 차라리 죽는 게 낫겠어요."

장가의 처는 찔끔찔끔 울기 시작했다.

"어허, 왜 우느냐?"

"쇤네는 어찌해야 합니까. 사모하는 사람 앞에서 차라리 칼을 물고 죽어 버리는 게 낫겠어요."

"방정맞은 소리, 행여 누가 밖에서 들을라."

"쉰네가 안 된다고 소릴 지를 때는 아무리 악을 써도 밖에서 들을 사람 없다더니 이젠 누가 듣는다구요? 너무 그러지 마세요."

"쌀 열 가마를 비장에게 지워서 보내지 않았느냐? 그 열 가마가 적더란 말이냐?"

"몰라요."

"어디 그뿐이냐? 네가 다녀갈 때마다 내가 용돈하라고 쥐어 주었는데 그게 부족하단 말이냐?"

현감은 애가 타는지 거듭 말하며 여자의 어깨를 흔들었다.

"야속해요, 야속해요. 나리께서는 그저 나 같은 건 재물이나 밝히는 못된 년으로 보시다니 정말 야속해요."

"허허, 도대체 왜 그러는지 모르겠구나."

"그저 아무것도 모르고 일부종사하는 소 같은 계집을 바람내어 미치게 만들어 놓고 이제와서는 왜 그러는지 모른다구요? 나리를 뵙기 전에는 사내가 뭔지, 어때야 하는 건지 정말 아무것도 몰랐다구요."

"그래, 그걸 따지러 왔단 말이냐?"

현감은 기가 막혀 되물었다.

"따지러 온 게 아녜요."

"그럼?"

"쉰네가 며칠 전부터 입덧을 하고 있다구요."

"뭐라구? 입덧을?"

현감이 흠칫 놀랐다.

"아니, 그럼 애를 가졌단 말이냐?"

"미워요. 지난 달에 왔을 때도 애가 선 것 같다고 말씀을 드렸는데 벌써 그걸 잊으시고 딴청을 부리시다니. 에구, 이년의 팔자야!"

장가의 처는 더욱 큰 소리를 내며 울었다.

"내 아이를 가졌다구?"

현감은 어이가 없는지 계속해서 쓴 입맛만 다셨다.

"너도 참 답답한 계집이로구나."

"내가 왜 답답하단 말예요?"

"그게 내 아이인지 네 서방 아이인지 내가 어찌 알 수 있단 말이냐?"

"에이구, 저렇다니까. 발부터 뽑으실려구 드시네. 온 동네 사람이 다 안단 말예요."

"뭐야? 애 가진 걸 동네가 다 안다구? 아니, 그게 뭐 자랑스런 일이라구 동네 방네 떠들고 다녀!"

"떠들긴 누가 떠들어요? 온 동네 사람들이 다 우리 집 그이가 배냇병신이라는 걸 다 알고 있단 말이에요. 배냇병신이 아니었으면 나이 사십이 다 되도록 자식 하나 못 만들었겠어요?"

"허허, 저런!"

"다들 그렇게 아는데 내가 아일 가져서 배라도 불러 보세요. 모두들 뭐라고 하겠어요?"

"으음."

현감은 괴로운 신음만 목젖 뒤로 넘겼다.

"그런 남편하고 사는데 나리께서는 누구 아이인지 알 게 뭐냐구요?"

"그럼 아일 떼면 될 게 아니냐?"

"무슨 재주로 생긴 아이를 뗀단 말예요? 안그래도 좋다는 건 다해봤어요. 간장을 두어 사발 마시고 높은 데서 뛰어내리면 떨어진다고 해서 그리도 해보았지만 아이는 멀쩡하고 발목만 삐었어요."

"나 이런……"

"이젠 나리 앞에서 죽는 길밖에 없어요."

"그런 소릴랑 아예 입밖에도 내지 말아라."

"그럼 어떻게 해요. 무슨 방도라도 있으세요?"

현감은 한동안 곰곰히 생각하더니 부드럽게 입을 열었다.

"네 남편과 함께 왔느냐?"

"지금 마당에 있어요."

"나가서 남편을 데리고 들어오너라."

"왜요?"

"내가 얘길 해보겠다. 기왕 생긴 자식인데 어쩌겠느냐. 너희 남편도 이해할 것이다. 대가 끊기게 생긴 판에 자식이 생겼으니 얼마나 다행한 일이냐?"

"아니 되옵니다."

"왜?"

"성질이 불같고 난폭해서 절 그냥 두지 않을 거예요. 나리 앞에서야 그러겠다 할지 몰라도 집에 돌아가면 마지막이 될 거예요. 절 죽여버리고 도망가면 어떡해요?"

"그것 참 난지난사로구나. 그럼 어찌해야 한단 말이냐?"

"한 가지 묘수가 없진 않아요."

"그게 뭐지?"

"쇤네에게 집 한 채만 마련해 주시구 논 닷 마지기만 떼어 주시면 아무 일이 없도록 다 알아서 무마하겠습니다. 배가 불러지기 시작하면 남편에게 말하지요. 우리 아기가 태어나게 됐다구요. 아무리 배냇병신이라 하지만 그럴 수도 있는 일이라면 남편도 기뻐할 거예요. 그러면 쇤네는 두번 다시 나리를 찾지 않겠어요."

"으음, 집 한 채에 논 다섯 마지기라? 제법 많은 재산이로구나."

"그렇게 생각하면 그렇기두 하지요."

"집 한 채에 논 다섯 마지기라? 여보게."

"예?"

"그게 뉘집 애 이름이냐? 듣자듣자하니 네가 날 심봉사로 아는구나. 이 뺑덕 어멈 같으니라구!"

곽서는 혀를 끌끌 찼다.

'정말 지독한 놈이로구나. 고을 안에 있는 여자들은 저런 식으로 모조리 건드려 놨겠지?'

그보다 기가 찰 일은 장가의 처 같은 계집이었다. 처음에는 빚을 얻으러 왔다가 얼결에 늑대 같은 현감에게 당하고 말았겠지만 이 계집은 그것을 기화로 장사를 하고 있었던 것이다.

남편이란 자도 함께 왔는데 밖에 세워놓고 수작을 하고 있으니 이거야말로 가관 중의 가관이었다.

계집은 한밑천 잡으려고 단단히 작정을 하고 온 모양

인데, 현감은 발목을 잡힐 듯하다가는 슬쩍 **빼내며** 이 제는 나 모른다는 식으로 잡아떼고 있었다.

"애를 낳든지 말든지 그건 네 맘이지 내 맘은 아니 다. 만약 그게 내 자식이라고 입만 **뻥긋**하는 날엔 마지 막인 줄 알아라."

"해도 너무하시는군요. 날 이렇게 만들고도 무사하실 줄 알았어요?"

"무사? 허허, 이 계집이 이제는 발악을 하는구나. 어 느 안전이라고 무엄하게시리. 어서 썩 꺼지지 못하겠느 냐!"

"차라리 날 죽이시오. 난 나갈 수 없소. 살아도 이 집 귀신이 되구 죽어도 이 집 귀신이 되겠소."

"허어, 저런 발칙한……"

이제 장가의 처는 현감의 팔을 잡고 늘어졌다.

"날 잡아 가두기만 해보시오. 온 천하에 방을 내어 개망신을 시키고 감사또에게 고해 바칠테니."

"이거 놓지 못하겠느냐?"

현감이 거칠게 여자의 팔을 뿌리쳤다. 곽서는 더 이 상 보고 있을 수 없어 뒷방문을 걷어차며 뛰어들었다.

"네놈은 누구냐?"

"조용히 꼼짝 말고 있어."

곽서는 품 속에서 날이 시퍼렇게 선 비수를 꺼내어 현감의 목에 들이댔다.

"내가 시키는 대로만 하면 목숨은 부지할 수 있을 것 이다."

"허······"

"지금까지 뒷방문 밖에서 지키고 앉아 네놈이 하는 수작을 낱낱이 지켜보았다. 고리대금으로 착복하는 것도 무도한 짓이거늘 양민의 처자까지 희롱하고 울려? 그러고도 네놈이 고을 백성을 다스리는 수장이냐?"

"대체 무엇을 원하느냐?"

"우선 오백 냥만 꺼내라."

"돈은 안방에 있다."

"다 알고 있으니 어서 내놔!"

비수 끝이 목덜미를 파고들자 현감은 바르르 떨었다.

"빨리!"

어쩔 수 없다는 듯 현감은 문갑 속을 뒤져 오백 냥을 꺼내 놓았다.

"이봐!"

곽서가 구석에서 덜덜거리며 떨고 있는 장가의 처를 불렀다.

"예?"

"이 돈을 가지고 타처로 떠나!"

"······"

"남편 있는 계집이 이런 놈과 놀아나는 건 용서할 수 없는 일이나 어쩔 수 없는 사정 때문에 그리 된 것이니 어서 가지고 타처로 가란 말이다."

"그, 그래두 될까요?"

"어서 도망치라니까."

장가의 처는 겉치마를 벗어 돈을 싸서는 자리에서 일

어나 황급히 밖으로 나갔다.

"이제 용무가 끝났으면 가보시오."

현감이 기어드는 목소리로 말했다.

"이건 시작이야."

"무슨 말이오?"

"바른대로 얘기해. 이 진사 며느리는 어떻게 했지?"

"빚을 달라기에 줬을 뿐이오."

"네놈이 그냥 놔뒀을 리가 없다."

"맹세코 겁탈은 하지 않았소."

"희롱을 한 건 사실이고?"

"......"

"내가 술 한잔 마시고 있는 동안 여기 있는 종이에 네놈이 수작질을 걸었던 부녀자 이름을 하나도 빠짐없이 쓰도록 해라."

"그건……"

"죽고 싶은가?"

다시 칼을 들고 위협하자 현감은 순순히 적겠다고 했다. 곽서는 옆에 마련된 술상을 잡아당겨 술을 마시기 시작했다. 현감은 떨리는 손으로 붓대를 놀리고 있었다.

얼마가 지나자 다 썼다는 듯이 곽서를 바라보았다. 그곳에는 놀랍게도 열한 명의 이름이 적혀 있었다.

"현감, 내가 병풍 뒤에 숨어 있을 테니 통인을 불러라."

"그건?"

"통인을 불러서 지금 적어 놓은 집에 기별을 하고 내

일 아침 동헌으로 모이라고 해."

"동헌으로……?"

현감은 도무지 이해가 안 간다는 표정을 지었다.

"네놈에게 수모를 당했으니 변상을 해야 할 게 아니냐."

"변상이라 하면?"

"쌀 열 가마와 상목 열 필씩을 나눠주도록 해라. 네가 저지른 죄값에 비하면 약소하지만 어찌할 테냐?"

잠시 생각에 잠겨 있던 현감이 고개를 끄덕였다.

"그럼 어서 통인을 불러 기별을 하고 내일 아침 동헌에 모이면 당장 변상을 하라. 만약 약조를 어길 시엔 일가족을 몰살시키겠다."

"아, 알겠소."

"다시 말하거니와, 나는 임꺽정 두령을 모시는 녹림 두목 중의 하나이다. 우리 패는 지금 이백여 명이고 동헌에서 얼마 떨어지지 않은 곳에 진을 치고 있다. 섣부른 짓은 하지 마라. 포졸을 동원한다든지 황해 감사에게 알린다든지. 내일 아침 네가 약조를 행할 때까지는 시종 철저히 감시하고 있다는 것을 명심해야 한다. 그리고 변상은 하되 가족들이 영문을 몰라 묻거든 그냥 내주는 것으로 하면 된다."

곽서는 비로소 비수를 가슴에 집어넣고 현감의 집에서 나왔다. 일단 어떻게 하는지 두고 볼 일이라 생각했다.

뒷산에서 밤을 새운 곽서는 사태가 어찌 돌아가는지

알 수 없어 초조하게 날이 밝기를 기다렸다. 아침이 되자 아닌게 아니라 고을 사람들이 하나 둘씩 동헌으로 모여들었다.

'흠, 무섭긴 무서웠던 모양이로구나.'

동헌까지 따라 들어가서 확인할 필요는 없었다. 쌀 열 가마에 상목 열 필이라면 그걸 운반하기 위해 온 식구가 다 동원될 듯했던 것이다.

곽서는 흐뭇하게 고개를 끄덕였다. 쌀가마를 진 촌민들이 동헌을 나서는 게 보였던 것이다.

곽서는 곧 장수산으로 돌아가 방중달을 만났다. 방중달은 마지막 봉물 수레를 구월산으로 떠나 보냈다.

"아니 형님, 어딜 갔다가 이틀만에 나타나는 거요?"

"처리할 일이 있어 그리 됐네."

곽서는 배천 현감의 얘기를 차근차근 들려주었다. 그러자 방중달은 화를 참지 못하며 소리쳤다.

"무슨 일을 그 따위로 하시오?"

"왜?"

"짐승만도 못한 놈을 그냥 두다니. 그런 놈은 당장 때려죽이고 볼 일이지."

방중달은 당장에라도 달려가 현감을 요절낼 것처럼 비분강개하였다.

"아우, 참게."

"그래도 그게 말이나 되는 소리요? 쌀 열 가마에 상목 열 필이 정조값하고 같단 말이오?"

"나도 요절을 내버리고 싶었지만 참았어. 그놈이 죽

어버리면 뭔가?"

"당한 여자들 원수 갚음을 되지 않소."

"원수를 갚는다고 고픈 배가 저절로 불러질 수는 없지 않나. 우선은 살고 봐야지. 그놈을 죽이고 관아의 재물과 곡식을 끌어내어 고을 백성들에게 골고루 나눠줄 수는 있네. 허지만 그건 좋은 방법일 아닐세. 그리되면 조정에선 민란으로 치부하게 되고 신관 사또가 토평이라도 하는 날엔 곡식 가져다 먹은 백성들은 비도로 몰려 떼죽음을 당할지도 몰라. 그래서 방법을 바꿨지. 아마 다음부터는 그런 짓 꿈도 꾸지 못할 걸세."

"제기랄."

"그게 그렇게 못마땅하면 평양에 들렀다가 청석골로 돌아가는 길에 배천 현청에 들러가세. 현감이 어떻게 변했는지 살필 겸."

"만나구 가자구요? 그거 좋지요. 그렇게 합시다."

"그럼 서둘러 떠나세."

방중달은 졸개를 시켜 떠날 채비를 갖췄다. 평양성으로 길을 재촉한 두 사람은 하루만에 이종우 객주에 당도했다.

곽서는 봉물을 조사한 내역과 함께 청석골의 근황을 이종우에게 전하고, 이튿날 아침 대동강을 나룻배로 건넜다.

봉산에 이르자 금천 가는 길을 버리고 재령 쪽으로 길을 잡았다. 재령에서 고개 하나만 넘으면 바로 배천 땅이었던 것이다.

방중달은 곽서를 앞세우고 동헌으로 향했다. 삼문 앞을 지키고 있던 포졸들이 그들을 가로막았다.

"평양에서 온 사람들인데 잠깐 현감을 뵙고 가겠다고 전해 주게. 우리는 장사꾼들일세. 평소에도 현감과는 거래가 있던 사람들이야."

"잠깐만 기다려 보시오."

군졸이 들어가더니 얼마 후에 나와서 안으로 들어가라 했다. 현감은 동헌 마루 안석에 앉아 있었다.

"그간 안녕하셨습니까?"

섬돌 근처에 다가온 두 사람은 인사를 했다.

"평양에서 온 장사꾼이라 했겠다? 어인 일이냐?"

"예, 소인의 얼굴을 보시면 기억이 나실텐뎁쇼."

곽서가 섬돌 층계를 성큼성큼 올라갔다.

"어느 안전이라고 함부로 다가오느냐?"

이방이 외쳤다.

현감은 곽서의 얼굴을 알아보더니 낯색이 확 변했다.

"은밀하게 뵈었으면 하옵니다만."

"으음."

현감은 깊은 신음 소리를 삼키더니 고개를 끄덕였다.

"여봐라, 이 두 사람을 방으로 인도하라."

"예."

두 사람은 동헌 뒤에 있는 방으로 인도되었다. 잠시 후 현감이 들어왔다.

"죄송합니다."

"대담무쌍한 자들이로구먼. 백주에 보무도 당당하게

관아로 날 만나러 오다니 말일세."

"사의를 표하려고 왔소이다."

"사의? 내가 그대들을 잡아 가두면 어쩌려구 그랬는가?"

"그러시진 못할 것으로 생각했소이다."

"왜지?"

"장수산에서부터 배천 일대에는 우리의 동패 삼백여 명이 도처에 깔려 있소이다. 우리가 잡히면 그들이 가만 있겠소? 당장 관아는 불에 타고 현감의 가족들은 몰살을 면치 못할 텐데요."

"으음."

현감은 몸서리를 쳤다. 진작부터 임꺽정에 대해서는 소상히 들어 알고 있던 터였다.

곽서가 비수를 꺼내 들고 사랑으로 뛰어들어와 꺽정이패라는 것을 밝혔을 때부터 현감은 이제 마지막이라 생각했던 것이다.

그 두려움 때문에 지금까지 시키는 대로 해왔는데 이번에는 두 사람이 태연하게 동헌으로 들어와 현감을 만나자고 했다. 현감은 아예 기가 질려 버렸다. 그래서 방으로 인도하라고 했던 것이다.

"듣자 하니 현감은 전비를 뉘우치고 억울한 일을 당한 백성집에 양식과 옷감을 나눠 주었다 하더군요."

"시키는 대로 했소."

"잘 하신 일입니다. 우리 임 두령께서도 매우 만족해 하시고 계십니다."

"……"

현감의 얼굴은 이지러졌다.

현감이라면 한 고을을 다스리는 벼슬아치요, 관장인데 화적패의 두목인 임꺽정이가 일을 잘 한다고 칭찬을 했다니 우거지상이 될 수밖에 없었다.

"별다르게 생각지는 마시오. 나라가 어지럽다고 하여 나 하나쯤 어떠랴 하는 생각으로 딴 관장들과 마찬가지로 탐학을 일삼는다면 백성과 나라는 어찌 되겠소. 그래서 현감께 정신을 좀 차려 달라고 한 것뿐이오."

"……"

"앞으로 두 달에 한번쯤 우리가 현감을 만나뵈러 오겠소."

"만난다구? 왜지?"

현감이 깜짝 놀라서 되물었다.

"규찰을 한다면 어폐가 있으나 선정을 베풀고 있는지 아닌지는 확인해야 할 게 아니오?"

"허……"

"나라가 백성을 위하는 거나 우리 같은 화적패가 백성을 위하는 거나 따지고 보면 같소이다. 현감께서 행여나 딴마음을 가지고 감사에게 고하고 우릴 토벌하겠다는 기척만 보이면 이 고을은 당장 쑥대밭이 될 것이오."

"……알겠소."

"그렇게 되면 현감에게도 좋지 못합니다. 임 두령의 지시에 따라 백성들에게 양식과 옷감을 나눠 주었으니 누가 보나 현감은 우리와 한패가 된 겁니다."

"내가 왜 한패란 말이오?"

"한패가 아니라면 임 두령의 지시를 따르지 않았을 게 아니오. 현감이 우리와 내통하고 있다는 걸 조정에서 알면 가만 두겠소? 그때는 정말 끝장이오."

"으음."

현감은 괴로운 신음을 넘겼다. 곽서는 딴짓을 못하도록 뒷대를 꽉 눌러 놓았던 것이다.

"현감한테 욕을 당한 사람들뿐 아니라 굶주리는 백성들에게도 구휼을 하시오. 곡식이 모자라 도와줄 수 없다면 우리가 곡식을 보내줄 것이오. 알겠소? 한 달에 한 번씩 우리가 올 때 사정을 말하시오. 구휼 곡식은 얼마든지 가져다 줄테니."

진퇴양난에 빠진 현감은 괴로운 듯 한숨만 내쉬었다. 두 사람은 현감으로부터 후한 대접을 받고 현청을 떠났다.

"이 진사 며느리는 현감이 변한 걸 모르고 있을 거 아니오? 기왕이면 며느리도 만나고 떠납시다."

방중달이 권했다.

"다 알게 될텐데 새삼스럽게 또 만나서 얘기할 필요가 뭔가?"

"갈 길이 바쁜 것도 아니니 만나고 갑시다."

"예끼, 이제 보니 잿밥에 관심이 있었구만."

두 사람은 이 진사의 집으로 발길을 돌렸다. 노인을 만난 곽서가 마님을 뵙고 가겠다고 했다. 그 전갈을 들은 이 진사 며느리는 무슨 생각이 들었는지 사랑으로 들어오게 했다. 그런 다음 점심상과 술을 내다가 대접했다.

"고맙습니다."

곽서가 치사를 했다.

"고마워할 사람은 오히려 이쪽인 걸요. 주머니까지 털어주시고…… 인사도 변변히 못했는데 이렇게 다시 찾아주시니 고마울 따름입니다."

그러자 방중달이 현감 얘기를 꺼냈다. 이제부터는 전비를 뉘우치고 새사람이 되어 선정을 베풀 것이라는 얘기를 했다.

비로소 본색을 털어놓고 현감을 혼내 주었다는 것도 알려주었다. 여자는 이들이 화적패 임꺽정의 일당이라는 사실에 아연한 표정을 지었다.

"사시기가 정 외롭고 고단하면 가산을 정리해서 청석골로 오십시오. 언제든지 쌍수를 들어 맞이하겠습니다."

떠나기 전에 방중달은 그렇게 큰소리를 쳤다. 여자는 대문 밖까지 따라나와 이들을 전송해 주었다. 두 사람의 뒷모습이 시야에서 사라질 때까지 미동도 하지 않은 채 문설주에 기대어 서 있었다.

곽서, 장가들다

"여기서 잠시 쉬었다 갈까?"

목덜미로 흘러내리는 땀을 훔치며 곽서가 말했다.

"그럽시다."

방중달은 커다란 바위 아래 풀썩 주저앉았다.

"푹푹 삶는구만."

"차라리 가마솥 안이 낫겠수."

"막걸리 한 사발 쭉 들이켰으면 속이 다 후련하겠네."

"목이 타슈? 그렇잖아도 야주개 객주로 모실 참이었소."

"예서 가까운가?"

"재 하나만 넘으면 바로요."

곽서는 팔베개를 하고 풀밭에 드러누웠다. 하늘은 진한 쪽빛이었다. 뭉개구름이 한가롭게 떠다니고 있었다.

암수가 들러붙은 잠자리 한쌍이 그의 머리 위를 부지런히 날아다녔다. 가끔씩 자지러지게 울어대는 매미 소리가 바람결에 들려왔다.

햇살이 따가워 부는 바람조차 후덥지근하게 느껴졌다. 졸졸졸 귓전에서 맴도는 발 아래 계곡의 물소리조차 한낮의 무더위를 식혀주진 못했다.

그렇게 한동안을 가만히 누워 있으니 졸음이 몰려왔다. 전신이 땅 밑바닥으로 가라앉는 기분이었다. 까무룩 잠 속으로 빠져드는 데 누군가 어깨를 쳤다.

눈을 떠보니 방중달이었다.

"형님, 저것 좀 보시우."

방중달이 속삭이듯 말했다.

"뭘?"

곽서는 목을 길게 빼고 방중달이 가리키는 계곡 아래쪽으로 시선을 던졌다. 보이는 건 나무들뿐이었다. 숲에 가려 아무것도 눈에 들어오지 않았다.

"뭐가 보인다는 게야?"

"쉿, 조용히 하고 저길 봐요."

방중달은 바위 끝으로 곽서를 데리고 가서는 나뭇가지를 헤치고 그의 머리를 잡아끌었다. 곽서는 방중달의 손가락을 따라가다가 숲 사이로 무언가 움직이는 것을 발견했다. 그것은 놀랍게도 여자였다.

이 산중에 웬 여자일까 싶어 곽서는 호기심이 발동했다. 가늘게 실눈을 뜨고 그녀를 자세히 살폈다. 그녀는 주위를 둘러보지도 않고 하나씩 옷을 벗기 시작했다.

"아, 저 여자!"

곽서는 가느다란 탄성을 내질렀다. 그녀는 며칠 전 현감의 별채에서 보았던 그 여자가 아닌가.

"아는 여자유?"

"너희 형수님이시다."

"정말이우? 그럼 난 빠지겠수."

말은 그렇게 하면서도 방중달은 그녀에게서 시선을 거두지 못하고 있었다.

저고리와 치마를 벗으니 하얀 속치마가 다소곳이 드러났다. 그 밑으로 종아리까지 오는 고쟁이가 살짝 보였다.

곽서는 질끈 동여맨 속치마 끈 위로 그녀의 짓눌린 젖가슴이 깊은 골을 이루고 있음을 보았다. 그녀는 그것마저 풀어헤쳤다. 끈으로 억눌렸던 그녀의 젖가슴이 자유롭게 출렁이며 그 모습을 드러냈다.

그녀의 젖가슴은 그리 풍만하지는 않으나 조그마하면서도 꽤 탐스럽게 융기되어 있었다. 그것은 쨍쨍 내리쬐는 햇살 아래 금빛으로 반짝이고 있었다.

"음……"

곽서는 자신도 모르게 침을 꿀걱 삼켰다.

"숨어서 여자의 알몸을 훔쳐보는 일이 이토록 가슴 두근거리는 것인지 처음 알았소."

방중달도 몸이 달아 오르는지 뜨거운 콧바람을 힝힝 내뿜었다.

맨살이 비칠 듯 말 듯한 고쟁이 하나만을 걸친 그녀는 거의 알몸에 가까웠다.

곽서는 터질 듯이 뛰는 가슴을 간신히 억누르며 그녀의 일거수 일투족을 주시했다. 그녀는 쭈그리고 앉은 상태에서 팔과 허벅지에서 물을 바르고는 첨벙 물 속으로 뛰어들었다.

계곡물은 보기보다 깊었다. 그녀는 허리까지 물이 차는 곳에서 멈추어 섰다. 그리고는 어깨와 젖가슴 위로 물을 바르며 천천히 멱을 감기 시작했다.

시원한 물속에 들어앉아 기분이 좋아졌는지 그녀는 스르르 눈을 감았다. 다른 사람이 엿보고 있다는 걸 전혀 눈치채지 못하는 것 같았다.

잠시 후 그녀는 물 밖으로 걸어나와 머리를 풀었다. 검고 윤기나는 긴 머리채가 그녀의 허리춤에서 치렁거렸다.

곽서의 시선이 그 아래로 내려가 멎는 순간, 그는 형언할 수 없는 흥분에 사로잡혔다. 그것은 흠씬 물에 젖은 고쟁이가 엉덩이에 찰싹 달라붙은 모습 때문이었다. 물에 젖은 고쟁이는 맨살보다도 더 요염한 분위기로 둔부 윤곽을 드러내 주었다.

그녀는 쭈그리고 앉은 상태에서 긴 머리를 양손으로 잡아 물 속에 담그고는 천천히 감기 시작했다. 그녀의 머리채가 물 속에서 수초처럼 하늘거렸다.

마침 그녀의 뒷모습이 숨어서 엿보고 있는 두 사람에게로 향해 있었기 때문에, 그녀가 머리채를 물 속에 넣을 때마다 엉덩이가 그쪽으로 들썩들썩 들리워졌다.

그때마다 그녀의 엉덩이 아래로 새카만 음모가 훤히 비치었다. 그것은 너무나 색정적인 모습이었다.

"아이고, 환장하겠네."

방중달은 작대기처럼 부풀어오른 아랫도리를 거머쥐었다. 그것은 발산되지 못한 엄청난 힘으로 그의 손안에서 꺼떡거렸다. 곽서도 마찬가지였다. 계곡 아래로 뛰어내려 그녀의 뒤쪽에다 대고 있는 힘을 다해 아랫도리를 부딪치고 싶은 충동이 치밀었다.

"이거야 원, 용두질이라도 해야지, 껄떡증이 나서 살 수가 있나."

그러면서 방중달은 슬그머니 바위 뒤로 사라졌다. 곽서는 금방이라도 용트림을 할 것 같은 그것을 거머쥔 채 숨을 죽였다.

진군을 알리는 북소리처럼 심장이 벌렁거렸다. 오랫동안 참아왔던 욕정이 성난 화산처럼 분출하는 것을 느꼈다.

곽서는 거의 참을 수 없는 지경에 이르자 자신도 모르게 그것을 두 손으로 압박하였다. 귀두를 문지르는 것만으로도 그는 자지러지는 쾌감을 느낄 수 있었다.

그녀가 머리를 다 감고 일어났을 때는 곽서가 한바탕 사정을 마쳤을 때였다. 물에 젖은 머리채를 손으로 툴툴 털어제낄 때마다 그녀의 소담스런 젖가슴이 출렁거렸다.

젖은 고쟁이를 벗고 치마를 입을 때 그녀는 잠시 완전한 알몸을 드러냈다. 그러나 그것은 조금 전 고쟁이 밑으로 비쳤던 것처럼 관능적인 모습은 아니었다. 이윽고 옷을 다 입은 그녀는 아무 일 없었다는 듯 머리를 털며 계곡 위로 올라갔다.

그녀의 모습은 곧 사라졌다. 곽서는 짧은 순간이었지만 그토록 진한 성욕을 느껴본 적이 없었다.

그녀가 숲 속으로 자취를 감춘 뒤에도 그녀의 모습은 남아 사정한 뒤 얼마 안되는 곽서의 아랫도리를 다시금 아플 정도로 팽팽하게 만들어 놓았다.

도대체 그 여자의 정체는 무엇일까? 나이는? 의문이 꼬리를 물었다. 봉긋 솟아오른 젖가슴과 풍만한 둔부 아래 숨은 비밀스러운 삼각주가 계속해서 곽서의 눈앞에 어른거렸다.

"야주개 객주로 데려 간다더니 어디로 가는 건가?"

곽서가 물었다.

"잠자코 따라오기나 하시오."

"어딜 가는 건지 말을 해야 궁금하지 않지."

"가보면 알게 됩니다."

방중달이 앞장을 섰다. 하는 수 없이 곽서는 청처짐하게 뒤따라갔다.

방중달이 찾아간 곳은 청학동의 객잔이었다. 보옥은 이들이 들이닥치자 버선발로 뛰어나왔다.

"잘 있었소?"

"에이그, 서쪽에서 해가 뜨겠네. 기별도 없이 오시다니. 어여 방으로 들어가세요."

방중달은 보옥의 어깨를 다독거리며 누런 이를 드러내고는 씩 웃었다. 보옥은 본시 기생 출신으로 방중달과는 내연의 관계였다.

"날마다 독수공방하느라 얼마나 외로웠소?"

곽서가 놀리자 보옥은 방중달의 손을 잡으며 배시시 웃었다.

"이런 날도 있으니까 공방을 지키는 거 아네요? 아주버님은 신수가 훤해지셨네요?"

"훤할 게 하나도 없는데?"

방중달이 앉으며 말했다.

"이봐, 야주개로 사람을 보내서 한온이 좀 오라 하고, 풀무재로도 사람을 보내 지천 아우 좀 보자구 해."

두 사람이 한참 술을 마시고 있을 때에야 전갈을 받은 한온과 지천이 달려왔다.

"오랜만입니다, 형님들."

"어서 오게. 그동안 별고 없었지?"

"저야 날마다 신선놀음이지만, 형님들은 이번에 고생 많았지요? 그래 봉물짐은 무사히 다 옮겼습니까?"

"구월산으로 옮겨다가 꼭꼭 잘 숨겨 두었지."

"정말 큰일 하셨습니다."

"그보다 자네들을 부른 것은 긴히 상론할 게 있어서야."

방중달이 자못 심각한 표정을 지으며 좌중을 둘러보

왔다.

"그게 뭐지요?"

김지천이 물었다.

"이번 기회에 곽 형님 혼처를 알아보는 게 좋겠는데……"

"날더러 장가를 가라고? 자네 지금 제정신인가?"

뜬금없이 불거져 나온 혼사 얘기에 곽서는 어이가 없는지 고소를 날렸다.

"중이 제 머리 깎는 것 봤소? 형님은 잠자코 계시오."

"하지만 당장 알아본다고 좋은 여자가 있을까요. 좀 두고 알아봐야지요."

방중달 옆에 다소곳이 앉아 있던 보옥이 한마디 거들었다.

"내게 복안이 있어서 하는 소리야. 쇠뿔도 단김에 빼랬다고 그냥 빼버리자 이거지."

"우선 아주버님 마음에 들어야지, 우리 마음에 든다고 해서 혼사가 이뤄지는 건 아니잖아요."

"그런 염려는 없을 거야."

방중달이 눈을 찡긋했다. 그 눈짓의 의미를 깨닫고 곽서는 얼굴을 붉혔다. 계곡에서의 일이 떠올랐기 때문이었다. 고의춤을 추스리며 바위 뒤에서 걸어나온 방중달이 그 여자와의 관계를 추궁했을 때 곽서는 그간에 있었던 자초지종과 자신의 속내까지 털어놓았던 것이다.

"이 나이에…… 내게 그럴 만한 자격도 없으려니와

형편이……"

"세상 천지에 그렇게 따지면 장가갈 사람 아무도 없겠소."

"어디 점찍어 둔 여자라도 있는 거요?"

묵묵히 술잔을 비워내고 있던 한온이 불쑥 끼어들었다.

"아무렴. 그만하면 괜찮은 규수지. 들꽃처럼 화사한 얼굴에 몸매도 기가 막히다구."

"나원, 형님이 여자보구 칭찬하는 소리는 머리털 나고 처음 듣겠네."

"무슨 말이야?"

"여자라면 그저 계집, 계집 그래 가면서 무시했잖수."

여자를 우습게 알고 언제나 무시하는 버릇이 있다고 김지천이 핀잔을 주자 방중달은 솥두껑 같은 손바닥으로 턱수염을 문지르며 호호 입가에 주름을 만들었다.

"내가 여자를 거칠게 다루는 듯 보이기는 허겠지만 본심은 아니야. 보옥이는 날더러 비단결 같은 맘씨를 가졌다고 그러데. 수작을 붙일 때는 전광석화요, 조포하기가 산짐승 같아도 햇솜처럼 따뜻하고 부드러운 데가 많더라."

"이 양반이, 내가 언제 그런 소릴 했다구……"

보옥이 눈꼬리를 치켜올리며 방중달의 옆구리를 쥐어뜯는 시늉을 했다.

"그러나 저러나 한 가지 문제가 있어."

"말해 보시오."

"그 규수가 배천 현감 별처에 거하고 있다는 사실이야."

방중달의 말에 곽서를 제외한 세 사람의 얼굴이 묘하게 일그러졌다.

"그럼 현감의 첩이란 말이오?"

"첩은 아닌 것 같애."

"어찌 안단 말이오."

"현감을 만나 봤거든. 아마도 소박맞고 쫓겨온 여식이 아닌가 싶네."

"애저녁에 글른 것 같소."

김지천이 퉁명스럽게 내뱉었다.

"무슨 소린가?"

"가문을 위해서는 목숨도 초개처럼 내던지는 게 양반이오. 첩이든 여식이든간에 지체 높은 양반댁 아녀자인 것만은 분명한데 도적놈 소굴로 들어와 살겠다고 하겠소?"

"어쨌든 부딪쳐는 봐야지."

"무슨 용빼는 재주라도 있소?"

"내 계책을 준비해 뒀네."

"계책이라니, 그게 뭐요?"

"보쌈을 하는 거야."

"겨우 생각해 낸 묘안이라는 게 그런 우격다짐이오?"

김지천이 미간을 찌푸리며 고개를 흔들었다.

"달리 방법이 없잖은가."

"보쌈을 하는 거야 식은 죽 먹기지만 그 다음은 누가

책임질 거요? 혀라도 깨물고 자진해 버리면?"

"구더기 무서우면 장을 담그지 못하지. 우선 저지르고 보는 거야. 나중 일은 그 때 가서 생각하기로 하고."

"공연히 벌집을 쑤셔놓은 거나 아닌지 모르겠소."

"내가 다 책임질 테니 염려 말게."

뭘 믿고 큰소리 치는지 방중달이 자신만만하게 말했다. 한온과 김지천은 그 방법이 내키지는 않았지만 방중달의 성화에 못이겨 그대로 따르기로 했다.

"형님은 여기서 술잔이나 기울이고 계시우."

방중달이 두 사람을 데리고 자리에서 일어서며 말했다. 곽서는 방중달을 물끄러미 바라보다가 그만 머쓱해져서 고개를 돌렸다. 왠지 콧등이 시큰거렸다.

"원앙금침에 주안상 마련해 놓을테니 어서 다녀오세요."

보옥이 방중달의 등을 떠다밀었다. 세 사람은 보옥의 배웅을 받으며 객잔을 나섰다. 저녁 노을이 서산에 걸려 붉게 타고 있었다. 걸음을 재촉해 배천 땅에 도착한 세 사람은 일단 마을 뒷산에 숨어 밤이 깊어지기를 기다렸다.

"보쌈은 자네가 해야지?"

한온에게 미뤘다.

"집안 구석구석을 알고 있는 형님이 낫지 않겠소?"

"그럼 보쌈은 내가 할테니 한온과 지천 아우는 지게나 하나 준비해 가지고 담 밖에서 기다리게."

세 사람은 그렇게 서로 짠 다음 밤이 이슥해지자 산

을 내려왔다. 한온과 김지천은 지게를 준비하기 위해 다른 집 허청으로 숨어들었고, 방중달 혼자서 뒷담을 넘었다.

'석류나무가 서 있는 별채라고 했지?'

그녀가 거처하는 방에선 불빛이 새어나오고 있었다. 책을 읽고 있는지 책장 넘기는 소리가 들려왔다. 뒷방문 쪽으로 돌아간 방중달은 품 속에 들어 있는 쌀자루를 잘 여미고 목수건을 꺼내 복면을 했다.

만일의 사태에 대비하기 위해서였다. 방문은 아직 걸지 않은 듯했다. 방중달은 재빨리 방문을 열고 안으로 뛰어들었다.

"꼼짝 마라!"

그의 손에는 싸늘한 빛을 내는 비수가 쥐어져 있었다.

"어머나!"

"소리치면 끝장인 줄 알아."

여자 뒤로 돌아가 그녀의 입을 틀어막으며 가슴에 비수를 들이댔다. 그녀는 기겁을 하여 손에 잡힌 참새처럼 오들오들 떨기만 했다.

방중달은 복면을 벗어 그 목수건으로 재갈을 물렸다. 그런 다음 품속에 들어 있던 큰 쌀자루를 꺼내 머리에서부터 덮어씌웠다. 그녀가 몸부림을 쳤지만 방중달은 가뿐하게 어깨에 짊어지고는 방문을 열고 나섰다.

"잠깐만 기다리시우, 숨이 막혀 죽을지도 모르니까."

김지천이 따라가며 비수를 꺼내 자루 곳곳을 찢어 구

멍을 내주었다. 보쌈한 여자를 지게에 얹어 메고 가던 방중달이 가던 길을 멈추더니 작대기를 받쳤다.

"왜 그러시오?"

"이만큼 지고 왔으니 나도 땀 좀 닦자."

"젠장할, 오 리도 못 와서 발병이 났다."

"어여 짊어지라니까. 밤을 도와 가면 새벽녘에는 당도하겠지."

이번에는 한온이 지게를 졌다. 청학동 객잔에 다다른 것은 먼동이 틀 무렵이었다.

"어디가 좋을까?"

"뒷방이 좋겠소."

"많은 방 놔두고 하필이면 왜 뒷방인가?"

"다 생각이 있어서 그러는 거니 잠자코 계시우."

객잔 뒤켠으로 돌아간 김지천은 뒷방문을 열고 보쌈한 여자를 자루째 들여놓았다.

"손발을 묶지 않아도 될까?"

"자루 주둥이를 삼끈으로 졸라매 두었는데 안에서 어떻게 풀겠소. 자, 나갑시다."

세 사람은 앞마당으로 돌아나왔다. 그제서야 부엌에서 밥을 짓고 있던 보옥이 뒤꼍에서 나오는 세 사람을 발견하고 의아해했다.

"아니, 언제 왔는데 울 안에서 나오우?"

"어, 지금 막 도착했지. 배가 몹시 고프니 빨리 아침상이나 봐오라구. 그리고 지천이."

"예."

"사랑에 가서 형님 좀 건너오시라구 하게."

"알겠습니다."

안방에 들어가 앉아 있으려니 김지천이 곽서를 데리고 왔다.

"어째 눈은 좀 붙이셨소?"

"잠이 다 뭔가."

"속깨나 끓이셨나 보구려."

"타다 못해 숯덩이가 됐네."

그러면서 곽서는 방안을 두리번거렸다.

"갔던 일이 잘 안 된 모양이지?"

"지금 뒷방에 모셔 놓았소."

김지천이 나섰다. 그는 곽서에게 다가가 귓속말로 한참을 소근거렸다.

곽서는 잠시 주저하는 기색이더니 이내 고개를 끄덕였다. 잠시 후 김지천은 소리나지 않게 뒷방문을 열어놓았다. 수작하는 소리가 잘 새어나가도록 하기 위해서였다.

"하는 짓들이 그 모양이니 화적질이나 해먹고 살지."

"뭐요?"

곽서의 갑작스런 태도 변화에 방중달은 화가 나서 버럭 소리를 질렀다.

"아무리 우리가 나라가 어지러워 먹고 살 수 없어서 산중 도적이 되었지만 그래도 예절은 지키며 살자고 누누이 얘기하지 않았는가."

"형님!"

한온도 어이가 없는지 입을 딱 벌리고 곽서를 쳐다보았다.

"양반가의 여자들은 가문의 체통을 지키고 기품과 부덕을 소중히 알아 열녀효부의 모범이 되는 것인데 이따위 상놈 무뢰배들이나 하는 보쌈질로 곤욕을 당하도록 하다니, 당장 본댁으로 돌려보내지 못하겠느냐?"

곽서의 불호령이 계속되었다. 밥상을 들고 방안으로 들어오던 보옥은 영문도 모른 채 찔끔하여 문지방 밖에 서 있었다.

"어서 돌려보내지 못할까!"

"누굴 말씀인가요?"

보옥이 물었다.

곽서는 계속해서 호된 꾸중을 내리며 규수를 정중하게 다시 모셔다 드리라 했다.

"좁은 소견에 멋대로 생각한 것이 잘못이었습니다."

쩔쩔 매는 목소리로 김지천이 대답했다.

곽서는 일부러 방문을 쾅 닫고는 밖으로 나갔다. 방중달과 한온, 김지천도 소리내지 않고 곽서를 따라 마당으로 내려왔다.

"아니 형님, 그렇게 느닷없이 골을 내고 호령을 하면 어쩌라고 그러는 겁니까?"

그제서야 분위기를 파악한 방중달이 툴툴거렸다.

"쉿! 듣겠소. 어때요, 곽 형님이 한 말 뒷방에서도 시시콜콜 다 들었겠지요?"

"물론이지."

"이제 뒷감당 할 일만 남았소."

"이미 엎질러진 물 쓸어담을 수도 없는 노릇 아닌가. 소문나지 않도록 수습이나 잘 하세."

"우선 중달 형님은 뒷방으로 가서 처자를 풀어준 다음 형수님을 시켜 설득해 보시오."

"보옥이 말을 들을까?"

"여자 문제는 여자끼리 해결해야지 남자가 끼면 될 일도 안 되는 법이오."

"그럼, 형님은 들어가 한숨 주무시오. 자네들도 좀 쉬게."

조심스레 방문을 열면서 방중달은 헛기침을 했다. 구석에 놓인 자루가 꿈틀거렸다. 방중달은 자루 주둥이를 풀고 여자의 입에 물린 재갈을 빼주었다. 푸른 빛이 감도는 입술이 파르르 떨고 있었다.

"이런 대접을 해서 죄송합니다."

"……."

한숨을 내쉰 여자는 등을 꼿꼿이 세운 채 방중달을 정면으로 바라보았다.

"뭐라고 용서를 빌어야 할지 모르겠습니다. 잠시만 기다려 주시지요."

방중달이 밖으로 나오고 얼마가 지난 다음 보옥이 밥상을 차려가지고 방으로 들어갔다. 그녀는 망연히 그냥 앉아 있었다.

"시장하시지요? 우선 요기부터 하세요."

"……."

"얼결에 끌려 오셨으니 얼마나 놀랐겠어요. 나쁜 마음을 먹고 그런 건 아니랍니다. 모두 좋은 사람들이지요. 아까 방에서 나간 양반은 제 남편되는 사람이에요."

비로소 여자는 보옥을 흘끗 쳐다보았다.

"자, 어여 조금만 들어보세요. 놀라신 건 알고 있지만…… 거기 다녀온 분들이 모두 잘못된 일이라고 후회를 하고 있더군요. 아주버님은 전혀 모르고 있다가 막상 일이 이렇게 된 걸 아시고는 아주 화를 내셨답니다. 당장 모셔다 드리라구요."

그녀는 종잡을 수가 없었다. 조금 전에 곽서의 호통소리를 그녀도 들어서 알고 있었던 것이다.

"댁으로 돌아가시게 해 드린답니다."

"그럴 걸 왜 보쌈을 한 거지요?"

그녀가 침묵을 깨고 입을 열었다.

"본디 배운 것 없고 미천한 사람들이라 생각이 얕아서 그런 거지요."

"아주버님이란 사람은 어떤 사람이지요?"

"나이 사십이 가깝도록 여자라곤 모르던 분이었지요. 무슨 볼일로 장수산에 가다가 아씨를 보기 전까지는…… 근본은 더없이 착한 사람이랍니다. 지금도 그렇지만요. 한때는 떵떵거리며 잘 살았지요. 양반 출신은 아니지만 해주 감영에 관납장사를 하던 영주인 노릇을 해서 땅도 많이 가졌구 재물도 많이 모았어요. 허지만 오래 가진 못했어요. 새로운 감사와 도사의 토색질 때문이었지요. 모든 전답을 빼앗기고 갖은 고초를 당해야 했습니다. 그렇게 사느니 가뭇없이 은신하여 마음 편하게 살고 싶다고 가산을 정리하여 청석골에 몸을 의탁한 거랍니다."

보옥은 곽서의 신상에 대해 자세히 얘기해 주었다. 그녀는 조금은 공감이 가는지 가끔씩 고개를 주억거렸다.

"듣자 하니 친정에 와 계시다면서요. 사연이야 모르겠지만…… 연분이란 게 뭐 별건가요. 살 부딪고 살다 보면……"

"……"

"제가 주책없이 괜한 소릴 지껄였나 보네요."

"괜찮아요."

"죽이라도 한 술 뜨세요. 어쨌든 기운은 차리셔야지요."

보옥은 수저를 들어 그녀의 손에 쥐어주었다. 수저를 받아든 그녀의 손이 가늘게 떨고 있었다.

"어떻게 됐어?"

마당을 빙빙 돌며 방중달이 초조하게 결과를 기다리고 있었다.

"반반이에요."

"반반이라니?"

"본인도 갈피를 못 잡겠는 모양이에요."

"그럼, 오늘 밤 신방을 차리는 게 어때?"

"너무 서두르다 보면 오히려 동티가 나는 법이에요."

"오래된 과부라 사내 냄새를 맡으면 생각이 바뀔지도

모르지."

"몸부림이나 실컷 받으면 어쩌구요."

"꽉 껴안아 주지. 흐흐흐……"

그날 보옥은 방을 치운다, 나부랭이들을 옮긴다 한바
탕 소란을 피웠다. 저녁 나절에는 정성을 들여 주안상
까지 마련했다. 한상 가득 차려 들고 보옥이 나타나자
아랫목에 오두마니 앉아 있던 여자의 눈이 휘둥그래졌
다.

"마침 오늘이 아주버님 생신이랍니다."

보옥은 입술에 침도 바르지 않고 술술 둘러댔다.

"그분과는 일면식도 없는데……"

"어쨌든 제 집에 오신 손님인데 대접을 소홀히 해서
야 쓰나요. 차린 건 변변찮지만 많이 드세요. 조금 있으
면 아주버님께서 나오실 겁니다."

"이래도 되는 건지……."

영문을 모르는 여자는 난처한 표정을 지었다.

"준비하시우."

밖에서 방안의 동정을 살피고 있던 방중달이 곽서의
어깨를 툭 쳤다.

"이왕이면 함께 들어가세."

"허어, 형님도. 쌀 씻어서 엎혀 주고 불까지 때어 다
끓게 했는데 무슨 걱정이오. 이제 뜸만 들였다가 퍼먹
기만 하면 되는걸."

"젠장. 장가가기가 호랑이 꼬리 잡는 일보다 더 어려
워서야."

"밥 타겠소."

방중달이 재촉했다.

곽서는 헛기침을 한번 하고는 뒷방문을 열었다.

"아주버님께서 오셨네요. 들어오세요."

곽서가 들어와 앉자 보옥은 기다렸다는 듯이 자리를 털고 일어섰다.

"이거 죄송해서 어쩌지요. 손님이 와 계신 것을 그만 깜빡 했어요. 잠시 다녀올 테니 그 동안 인사나 나누고 계세요."

보옥은 부산하게 방을 나가 버렸다. 방안에는 곽서와 여자, 두 사람만 남게 되었다. 둘은 한동안 말이 없었다.

"이거 자리가 이상하게 되었소. 한잔 하시오."

어색한 침묵을 깨뜨리며 곽서가 먼저 입을 열었다.

"전…… 아닙니다."

그녀는 가볍게 손을 내젓는 시늉을 했다.

"맹숭맹숭하면 염치가 없어 입도 뻥긋할 수 없으니 한잔하구서 술김에 얘기헙시다, 허허허."

"보기보단 순진하신 것 같아요."

"여자 앞에서만 그렇소. 사내야 다 그런 거 아니겠소."

"그럼 한잔만 받겠습니다. 대신 제 물음에 솔직하게 대답해 주세요."

그녀가 빤히 곽서를 쳐다보았다. 곽서는 술잔이 넘치도록 술을 따랐다.

"왜 저를 돌려보내라 하셨나요?"

"그래야 할 것 같았소."

"혹시 제 마음을 떠보려고 일부러 꾸민 짓은 아닌가요?"

"아, 아니오. 그건 당치도 않은 말씀이오."

곽서가 변명하듯 말했다.

"어째서지요?"

"내가 부인을…… 사, 사모하고 있었던 건 사실이오. 나같이 미천한 출신에다 화적질이나 하고 있는 놈이 지체 있는 양반댁의 규수를 처로 맞이한다는건 정말 있을 수 없는 일이라는 것도 잘 알고 있소. 허지만 난 부인을 사모했소. 내 아내가 돼달라고 애원하고 싶었소. 당치도 않은 욕심인 줄 알면서 말이오. 허지만 그건 어디까지나 나 혼자만의 내심이었을 뿐이오. 어찌어찌 그걸 안 아우들이 나설 줄은 정말 꿈에도 몰랐소."

"아니 땐 굴뚝에 연기 날 리 없잖아요."

"사실을 얘기하고 있는 것이오. 부인에게 왜 내가 거짓말을 하겠소. 나도 너무 졸지에 당하는 일이고 전혀 예상조차 못한 일이라 어찌해야 할지 알 수가 없었소. 이건 꼭 부인을 모욕하려고 일부러 꾸민 것 같아서 미안하고 괴롭기 이를 데 없소."

"……."

그녀는 뭐라 말할 듯 입술을 달싹거렸으나, 그것이 소리가 되어 나오지는 않았다.

"어차피 내가 혼인하여 처자를 갖는다는 건 분수에 넘치는 일이오. 여기 며칠 유하면서 마음을 정하시오.

내 부인의 뜻에 따르겠소."

곽서는 마음에도 없는 소리를 그럴싸하게 꾸며댔다. 구렁이 담 넘어가듯 능청스럽게 흉물을 떠는 그의 심중을 헤아릴 길 없는 그녀는 고개를 숙인 채 긴 한숨만 내쉬었다.

"헌데 내가 부인을 처음 본 곳이 어딘 줄 아시오?"

"실은 저도 그게 궁금했어요. 대체 어디서……?"

"허허, 이거 입에 올리기 민망한 자리가 돼 놔서."

"괜찮습니다."

"언젠가 계곡에서 목욕을 할 때……"

"어머, 몰라요!"

그녀가 붉게 물든 두 볼을 감싸쥐었다.

"그보다 더한 것도 보았는데 뭘 그러시오."

곽서는 입가에 야릇한 미소를 떠올렸다.

"하면……."

사태의 추이를 파악한 그녀는 어찌할 바를 모르다가 급기야는 울음을 터뜨렸다.

자신의 치부를 외간 남자에게 드러내 보였다는 사실에 쥐구멍이라도 있으면 숨고 싶은 심정이었다. 이윽고 눈물을 닦으며 그녀는 자세를 고쳐 앉았다. 그리고는 술을 청했다.

곽서는 속으로 쾌재를 불렀다. 그녀는 생각보다 쉽게 허물어지고 있었다. 지금까지와는 다르게 멈칫거리거나 주점함이 없이 분방해지고 있었던 것이다.

"자, 듭시다."

"예."

그녀는 거듭 술잔을 비웠다. 술기가 퍼져 오르는지 숨결까지 새근거리기 시작했다.

"방안이 몹시 후덥지근하군."

"도포를 벗으세요."

"내외가 분명한데 그럴 수 있겠소."

"신경 쓰지 마십시오."

"으음, 그렇다면 벗겠소."

곽서는 옷을 훌훌 벗었다. 잘 단련된 근육이 여기저기서 삐져나오자 그녀는 놀라운 듯 마른 침을 삼켰다.

"부인도 좀 벗으시오. 코끝에 땀이 솟은 걸 보니 몹시 더운 모양인데."

서슴없이 곽서가 옷고름을 잡아채자 그녀는 약간 찔끔하며 몸을 비틀었다.

"안 돼요. 겉옷만 벗으면 맨몸인걸요."

"그러면 좀 어떻소. 우리가 뭐 어린애두 아니구 함께 늙어가는 처지에."

"늙다니요? 무슨 섭한 말씀을 그리하세요. 제 나이 이제 스물아홉인데."

그녀는 약간 취기가 올라 발그레진 얼굴로 밉지 않게 눈을 흘겼다. 그러고 보니 풀어헤친 저고리 속에 감춰진 두 개의 젖가슴은 통통하게 부풀어올라 있었다.

"내가 벗겨 주겠소."

"아이……"

그녀는 몸을 흔들었으나 곽서의 손을 거절하진 않았

다.

"누, 누가 들어오면 어쩌려구 이러세요. 어머! 어머!"

"들어오긴 누가…… 허허, 무슨 치마 말기를 이렇게 꽉 죄어맸소."

취기 때문인지 사내의 체온 때문인지 그녀는 자신을 주체치 못하고 얼이 빠져 뜨거운 숨만 푹푹 내쉬고 있었다. 막 터지려는 석류 속 같았다. 손을 내밀어 벌리지 않아도 그저 대기만 하면 열릴 것 같은 순간이었다.

곽서는 발끝으로 주안상을 웃목으로 밀어내며 다리를 뻗고 벽에 비스듬히 기대앉았다.

"술이 독하구던?"

그러면서 그녀의 얼굴을 뚫어지게 바라보았다. 그 눈길을 받자 그녀는 어쩔 줄 모르며 두 손으로 풀어진 저고리 앞섶을 잡았다. 저고리 위로 흐르는 두 어깨의 선이 아름다웠고 귀 뒤로 흘러내린 긴 목이 수려했다.

곽서는 느긋한 여유를 가졌다. 열려진 저고리 앞섶 사이로 발그레하게 부푼 젖가슴이 삐어져 나오는데도 그걸 가리지 않고 자꾸만 두 손으로 옷자락을 비틀고 있는 걸 보면 완전히 익은 것처럼 보였기 때문이었다.

곽서는 비스듬히 누운 채 한쪽 발을 길게 뻗어 그녀의 엉덩이 쪽에 디밀었다. 한숨을 푹푹 내쉬던 그녀는 곽서의 발목을 은근히 잡으며 주물럭거렸다.

그 손이 몹시 뜨거웠다. 손바닥에는 땀까지 배어 있어 끈끈했다.

'숨을 가쁘게 들이쉬고 여자가 눈을 감는다는 것은

힘껏 껴안아 달라는 표시이고 손발에 땀이 나기 시작하는 것은 이제 사내의 몸을 요구함이다. 여자의 콧구멍이 커지고 벌름거림은 합환의 극점에 다다르고 있음을 알려주는 것이며……'

언젠가 서림이 들려준 여자의 징후 열 가지가 하나하나 떠오르기 시작했다.

곽서는 과연 서림은 여자에 관한 한 도가 튼 사람이라 생각되어 쓴웃음을 지었다. 그의 말대로 그 징조가 차례로 드러나고 있었던 것이다.

곽서는 누운 채 두 다리를 길게 뻗어 마치 두 팔로 껴안 듯이 그녀의 몸을 휘어감았다.

"아이……"

그녀가 도리질을 했다. 곽서는 감은 다리에 힘을 주고 끌어 잡아당겼다. 앉은 자리에 땀이 배어 있었는지 그녀는 뿌드득거리는 소리를 내며 끌려 왔다.

"아아……"

끌려 오던 그녀가 곽서의 아랫배 위에 쓰러지듯 엎드리고 말았다.

"이쪽으로 오시오."

"하, 하지만…… 아, 안 되겠어요."

그녀는 간헐적으로 온몸을 사시나무처럼 떨곤 하며 고개를 흔들었다.

"뭐가 안 된다는 거요."

"부, 불안해서요."

"왜?"

"누가 당장이라도 방문을 열고 들어올 것 같아요."

"원 걱정두…… 내가 지금 옷을 다 벗었소, 아니면 일을 시작했소?"

"예?"

"그저 이렇게 누워 있잖소. 부인 역시 옷은 입고 있구. 그렇잖소. 아무 일도 없었소. 그게 그리도 두렵다면 난 가만 있겠소. 됐소? 이렇게 껴안고만 있으면 되겠소?"

"네, 좋아요."

그녀는 곽서의 넓은 가슴을 파고들며 고개를 끄덕였다.

"좋소?"

"마치 꾸, 꿈을 꾸고 있는 것 같아요. 아이, 이러면 안 되는데."

"허허."

곽서는 천천히 옷을 벗겨내기 시작했다. 뜨거워질 대로 뜨거워진 그녀의 몸은 자꾸만 떨리며 수축되어 가고 있었다.

"이러면 안 돼요."

그녀는 고열에 시달리는 환자처럼 자꾸 안 된다며 헛소리를 연발하고 있었다.

곽서는 그녀를 방바닥에 눕히고 창끝처럼 부풀어오른 그의 남성을 그녀의 아랫도리 위로 가져갔다. 그녀의 부드러운 입구의 감촉이 전신으로 퍼져나갔다.

곽서는 참을 수 없는 기분이 되어 그 위를 사정없이

부벼댔다.

"아아, 이러면……."

그녀는 마른 침을 삼키며 달뜬 목소리로 노래를 부르고 있었다.

곽서는 꿇어앉은 자세로 그녀의 허벅지 안쪽으로 입술을 가져갔다. 그녀는 걷잡을 수 없는 사내의 공격에 얼이 빠진 듯했다.

곽서는 뒤로 젖혀진 그녀의 목덜미를 혓바닥으로 훑어내렸다. 그녀는 간지러운 듯 몸을 비틀며 곽서의 입술을 피했다.

곽서는 뽀얀 젖가슴을 두 손으로 모아 쥐었다. 그것은 방금이라도 하얀 유액이 짜여져 나올 것같이 팽팽하게 솟아올라 있었다.

곽서는 그것을 통째로 삼킬 듯이 한입 가득 베어물었다. 매끄럽기 그지없는 그녀의 젖가슴이 곽서의 입안을 가득 채웠다.

곽서가 그것을 거칠게 빨아대자 그녀는 온몸의 힘이 빠져나간 것처럼 흐느적거렸다.

그녀는 젖가슴 아래로 굴러가는 곽서의 혓바닥을 도저히 견딜 수 없었던지 그의 머리를 얼굴까지 끌어올렸다. 흰자위로 뒤덮인 그녀의 눈동자가 곽서의 양미간에 꽂힐 듯 다가왔다.

곽서는 그녀의 아랫입술을 집어삼킬 듯이 빨아당겼다. 입 속으로 빨려들어온 그녀의 혓바닥이 무서운 힘으로 곽서의 혀를 휘어감았다.

그 순간 곽서의 온몸은 짜릿한 색욕으로 번질거렸다. 마치 벌거벗은 몸으로 갈대숲 사이를 헤매는 것처럼 스걱거리며 와닿는 갈대의 간지러운 감촉에 마냥 황홀해하였다.

곽서는 일찍이 경험하지 못했던 그 놀라운 전율에 미칠 것 같았다. 곽서의 혓바닥과 그녀의 혀끝이 파르르 떨면서 허공 속에서 마주치자 그녀는 자지러지는 신음을 토해냈다.

"아아……"

곽서는 거칠게 터져나오는 호흡을 그녀의 귓볼 안으로 불어넣었다. 그리고는 정신없이 두 손을 뻗어 그녀의 등을 훑어내렸다. 꿈틀거리는 그녀의 다리가 뱀처럼 허리를 조여 왔다.

눈앞에서 땀으로 미끌거리는 그녀의 젖가슴이 곽서를 더욱 흥분시켰다. 곽서는 그녀의 몸 깊숙한 곳에서 흘러나온 샘물이 그녀의 엉덩이를 타고 미끈거림을 느낄 수 있었다.

"제발……"

얼굴이 벌겋게 상기된 그녀는 미친 듯 곽서의 가슴을 더듬었다. 곽서는 더 이상 아무것도 생각할 수 없었다.

무작정 옥문을 향해 손을 뻗었다. 활짝 열린 그녀의 그곳은 이미 욕정으로 활활 타오르고 있었다. 수줍은 꽃잎처럼 살짝 드러난 그녀의 속살이 곽서의 짐승같은 행동을 유혹하고 있었다.

'빨리 와 줘요! 날 더 이상 미치게 하지 말아요!'

그녀의 눈동자가 그렇게 호소하고 있었다. 뱀의 혀처럼, 그녀의 뜨거운 혀가 곽서의 입 속에서 날름거렸다.

이윽고 곽서의 완강한 힘이 그녀의 몸 위로 실리자 그녀는 환희의 신음을 터뜨렸다. 서로의 몸이 밀착되고 곽서의 힘이 한곳에 모아지자 그녀는 그만 울상이 되어 버렸다. 두 사람의 심장은 가쁜 호흡만큼이나 터질 듯이 팔딱거렸다.

곽서는 그녀를 잡아 일으켰다. 그녀는 뒤로 돌아 벽쪽으로 기대듯이 엎드렸다. 등줄기를 타고 내려와 만월 같은 엉덩이로 이어지는 곡선은 가히 일품이었다.

곽서는 발정한 수말처럼 그녀의 뒤쪽에서 허리를 부둥켜 안았다. 그녀는 뒤쪽에서의 결합이 용이하도록 엉덩이를 최대한 내밀어 주었다.

곽서는 그 사이로 힘차게 아랫도리를 부딪쳤다. 그녀의 엉덩이 사이는 매끄럽기 그지없었다. 새로운 돌입의 힘이 그 사이를 헤집고 들어갈 때마다 곽서의 손에 잡힌 그녀의 아랫배가 세차게 꿈틀거렸다.

그녀는 지그시 깨문 입술 사이로 새어나오는 열정의 소리를 억지로 참는 것 같았다. 그러나 그것도 잠시뿐, 절정의 벼랑에 올라선 그녀는 고통스런 신음을 헐떡거렸다.

"아아…… 미칠 것 같아요……."

그녀의 떨리는 목소리가 방안을 가득 채웠다. 그녀의 엉덩이 위로 미친 듯이 부딪쳤다. 그들은 마치 정욕으로 울부짖는 두 마리의 야수와도 같았다.

그녀는 숨이 막혀 질식할 듯 껙껙거리기 시작했다. 바윗돌처럼 무겁고 단단한 곽서의 몸뚱이는 험악한 바위산을 몇 굽이 넘어 평평한 초원을 달리듯 앞으로 내닫고 있었다. 달릴수록 새로운 힘이 솟아 그 질주는 밤새도록 달릴 수 있을 것처럼 보였다.

그 기세가 얼마나 사나왔던지 방구석에 놓여 있던 등잔의 불꽃이 꺼져 버렸을 정도였다.

심장이 멎을 듯한 극치의 순간, 곽서는 아뜩한 현기증을 느꼈다. 어깨가 쑤시고 허리가 아프고 엉덩이가 뻐근한 것이 꼭 학질 두어 축 앓고 난 것 같았다.

그녀는 곽서의 가슴에 머리를 기댔다. 그들의 거친 숨소리는 서서히 잦아들었다. 몽롱하게 얼싸안은 그들의 머리 위로 새벽 첫닭 우는 소리가 내려앉고 있었다.

외설 **임꺽정 (1)** (전5권)

2021년 3월 10일 인쇄
2021년 3월 15일 발행

지은이 ; 마 성 필
펴낸이 ; 김 용 성
펴낸곳 ; **지성문화사**
등 록 ; 제5-14호 (1976.10.21.)
주 소 ; 서울시 동대문구 신설동 117-8 예일빌딩
전 화 ; 02) 2236-0654
팩 스 ; 02) 2236-0655   2236-2952

정 가   w14.000 원